VLADIMIR
NABOKOV
A VERDADEIRA VIDA DE SEBASTIAN KNIGHT

TRADUÇÃO
JOSÉ RUBENS SIQUEIRA

© 1941, Vladimir Nabokov
Todos os direitos reservados

Todos os direitos desta edição reservados à
Editora Objetiva Ltda.
Rua Cosme Velho, 103
Rio de Janeiro — RJ — Cep: 22241-090
Tel.: (21) 2199-7824 — Fax: (21) 2199-7825
www.objetiva.com.br

Título original
The Real Life of Sebastian Knight

Capa
Retina_78

Foto do autor
© Everett Collection /Latinstock

Revisão
Diogo Henriques
Lilia Zanetti
Fátima Fadel

Editoração eletrônica
Abreu's System Ltda.

CIP-BRASIL. CATALOGAÇÃO-NA-FONTE
SINDICATO NACIONAL DOS EDITORES DE LIVROS, RJ
N113v

    Nabokov, Vladimir Vladimirovich
        A verdadeira vida de Sebastian Knight / Vladimir Nabokov ; tradução José Rubens Siqueira. - Rio de Janeiro : Objetiva, 2010.

        195p.   ISBN 978-85-7962-010-2
        Tradução de: *The real life of Sebastian Knight*

        1. Ficção americana. I. Siqueira, José Rubens. II. Título.

10-0469   CDD: 813
                                       CDU: 821.111(73)-3

a Véra

1

Sebastian Knight nasceu em trinta e um de dezembro de 1899, na antiga capital de meu país. Uma velha dama russa que por alguma obscura razão me implorou não divulgar seu nome, mostrou-me em Paris o diário que mantivera no passado. Tão monótonos tinham sido aqueles anos (aparentemente) que a coleta de detalhes diários (sempre um método pobre de autopreservação) mal ia além de uma breve descrição do clima do dia; e é curioso notar a esse respeito que os diários pessoais de soberanos — não importa quais problemas aflijam seus reinos — preocupam-se sobretudo com o mesmo assunto. Sendo a sorte o que é quando deixada em paz, ali vi ofertada alguma coisa que eu nunca teria encontrado tivesse sido essa uma busca escolhida. Posso, portanto, declarar que a manhã do nascimento de Sebastian foi uma bela manhã sem vento, com doze graus (Reaumur) abaixo de zero... isso é tudo, porém, que a boa dama achou digno de registrar. Pensando melhor, não consigo ver nenhuma necessidade de concordar com seu anonimato. Parece loucamente impossível que ela algum dia venha a ler este livro. Seu nome era e é Olga Olegovna Orlova — uma aliteração ovoide que seria uma pena esconder.

Seu relato tão seco não consegue transmitir para o leitor não viajado as delícias implícitas num dia tal como ela descreve em São Petersburgo; a pura luxúria de um céu sem nuvens destinado não a aquecer a carne, mas exclusivamente ao prazer dos olhos; o brilho dos cortes de trenós na neve bem batida das ruas espaçosas com um toque fulvo entre as trilhas devido à rica mistura com estrume de cavalo; as cores fortes de um punhado de balões de gás apregoados por um vendedor ambulante de avental; a curva suave de uma cúpula, seu ouro esmaecido pela floração de geada em pó; as bétulas nos jardins públicos, cada pequeno galho contornado de branco; o rasquear e tilintar do tráfego de inverno... e a propósito, que esquisito quando se olha um velho cartão-postal (como aquele que coloquei em minha mesa para divertir por um momento a criança da memória) para lembrar do comportamento caótico dos táxis russos que viravam quando bem entendiam, para qualquer lugar e de qualquer jeito, de forma que em vez do fluxo direito, consciente, do tráfego moderno, o que se vê — nesta fotografia pintada — é uma rua larga de sonho com uma confusão de coches abertos debaixo de um céu incrivelmente azul, o qual, mais adiante, dissolve-se automaticamente em um rubor rosado de mnemônica banalidade.

Não consegui obter uma foto da casa onde Sebastian nasceu, mas a conheço bem, porque eu próprio nasci lá, uns seis anos mais tarde. Tínhamos o mesmo pai: ele havia se casado de novo, logo depois de se divorciar da mãe de Sebastian. Estranhamente, esse segundo casamento não é sequer mencionado em *A tragédia de Sebastian Knight*, do sr. Goodman (que foi publicado em 1936 e ao qual terei ocasião de me referir mais amplamente); de forma que aos leitores do livro de Goodman devo parecer não existente — um parente falso, um impostor falastrão; mas o próprio Sebastian, em sua obra mais autobiográfica (*Propriedade perdida*), dedica algumas palavras gentis a minha mãe — e acho que ela as merecia bastante. Nem é exato, conforme sugerido pela imprensa britânica depois da morte de Sebastian, que o pai dele tenha sido morto no duelo que travou em 1913; na realidade, ele estava se recuperando muito bem do ferimento a bala no peito, quando — um mês inteiro depois — contraiu um resfriado que o seu pulmão recém-curado não pôde suportar.

Um bom soldado, homem de coração terno, com senso de humor, animado, ele possuía aquele rico traço de inquietação aventureira que Sebastian herdou como escritor. No inverno passado, em um almoço literário em South Kensington, ouviu-se um famoso e velho crítico, cujo brilho e erudição sempre admirei, observar na conversa que girava em torno da morte prematura de Sebastian Knight: "Pobre Knight! ele realmente teve duas fases, a primeira — um homem enfadonho escrevendo em inglês canhestro; a segunda — um homem canhestro escrevendo em inglês enfadonho." Uma tirada perversa, perversa em mais de um sentido porque é fácil demais falar de um autor morto por trás das costas de seus livros. Eu gostaria de acreditar que o gozador não sente orgulho ao lembrar dessa piada específica, ainda mais que demonstrou moderação muitíssimo maior ao criticar a obra de Sebastian Knight alguns anos atrás.

No entanto, é forçoso admitir que, em certo sentido, a vida de Sebastian, embora longe de enfadonha, era desprovida do tremendo vigor de seu estilo literário. Cada vez que abro um de seus livros, parece que vejo meu pai entrando depressa na sala — daquele jeito especial que ele tinha de abrir a porta e imediatamente pular em cima da coisa que queria ou da criatura que amava. Minha primeira impressão dele é sempre de uma subida súbita e sem fôlego do chão, metade do trem de brinquedo ainda pendurada de minha mão e os pingentes do lustre de cristal perigosamente próximos de minha cabeça. Ele me punha no chão com um baque tão subitamente como havia me arrebatado, tão subitamente como o texto de Sebastian arrebata o leitor, para deixá-lo cair com um choque no alegre anticlímax do feroz parágrafo seguinte. Além disso, algumas das tiradas favoritas de meu pai parecem ter desabrochado em flores fantásticas em contos típicos de Knight como *Albinos de preto* ou *A montanha engraçada*, talvez o seu melhor conto, essa linda e estranha fábula que sempre me faz pensar numa criança que ri em seu sono.

Foi no estrangeiro, na Itália, pelo que sei, que meu pai, então um jovem soldado em licença, conheceu Virginia Knight. Seu primeiro encontro estava ligado a uma caça à raposa em Roma, nos primeiros anos da década de noventa, mas não sei dizer se isso foi mencionado por minha mãe ou se subconscientemente me lembro de ver algum instantâneo amarelecido em um álbum de família. Ele a cortejou durante longo tempo. Ela era filha de Edward Knight, um cavalheiro abastado; isso é tudo o que sei dele, mas pelo fato de minha avó, uma mulher austera e voluntariosa (me lembro do leque dela, de suas meias-luvas, dos dedos brancos e frios), ser enfaticamente contrária ao casamento, e repetir a epopeia de suas objeções mesmo depois de meu pai ter se casado de novo, eu tendo a deduzir que a família Knight (fosse qual fosse) não atingia exatamente o padrão (fosse qual fosse esse padrão) exigido pelos aristocratas do velho regime da Rússia. Também não tenho certeza se o primeiro casamento de meu pai não entrava de alguma forma em choque com as tradições de seu regimento — de qualquer forma, seu verdadeiro sucesso militar só começou com a guerra japonesa, e isso foi depois que sua mulher o deixou.

Eu ainda era criança quando perdi meu pai; e foi muito depois, em 1922, poucos meses antes da última e fatal operação de minha mãe, que ela me contou várias coisas que achou que eu devia saber. O primeiro casamento de meu pai não tinha sido feliz. Uma mulher estranha, um ser inquieto e imprudente — mas sem o tipo de inquietação de meu pai. A dele era uma busca constante que só mudava de objetivo depois de tê-lo conseguido. A dela era uma busca sem convicção, caprichosa e errática, ora se desviando muito do alvo, ora esquecendo-o a meio caminho, como alguém esquece o guarda-chuva num táxi. Ela gostava de meu pai de certa maneira, uma maneira vacilante para dizer o mínimo, e quando um dia ocorreu a ela que podia estar apaixonada por outro (cujo nome meu pai nunca soube pelos lábios dela), ela deixou o marido e o filho tão depressa como uma gota de chuva começa a deslizar para a ponta de uma folha de filadelfo. Aquele tranco para cima da folha abandonada, que devia estar pesada com sua carga brilhante, deve ter causado uma dor aguda a meu pai; e não gosto de deter minha mente naquele dia num hotel em Paris, Sebastian com quatro anos, mal atendido por uma enfermeira confusa, e meu pai trancado em seu quarto, "aquele tipo especial de quarto de hotel tão adequado para a encenação das piores tragédias: um relógio polido morto (o bigode encerado das dez para as duas) debaixo da cúpula de vidro sobre um aparador perverso, a janela francesa com uma mosca atazanada entre a musselina e o vidro, e uma amostra do papel de carta do hotel sobre um forro de mata-borrão surrado". Esta citação de *Albinos de preto*, textualmente em nada ligada àquele desastre específico, mas que conserva a memória distante do tédio de uma criança num desolado carpete de hotel, sem nada para fazer e com uma estranha extensão de tempo, tempo extraviado, alastrado...

A guerra no Extremo Oriente permitiu a meu pai aquela alegre atividade que o ajudou — se não a esquecer Virginia — ao menos a tornar a vida digna de ser vivida outra vez. Seu vigoroso amor-próprio não era senão uma forma de vitalidade masculina e como tal inteiramente coerente com uma natureza essencialmente generosa. A desgraça permanente, sem falar da autodestruição, deve ter parecido a ele uma coisa mesquinha, uma rendição vergonhosa. Quando em 1905 ele se casou de novo, ficou com certeza satisfeito de ter conseguido vencer seu trato com o destino.

Virginia reapareceu em 1908. Ela era uma viajante inveterada, sempre em movimento e igualmente à vontade tanto em qualquer pequena pensão como num hotel caro, à vontade significando para ela apenas o conforto da mudança constante; dela Sebastian herdou aquela estranha, quase romântica paixão por carros-leito e pelos Trens Expressos Grande Europa, "o crepitar macio dos painéis polidos na noite sombreada de azul, o longo suspiro triste dos freios em estações vagamente identificadas, o deslizar para cima de uma cortina de couro lavrado revelando uma plataforma, um homem rodando o carrinho de bagagem, o globo leitoso de uma lâmpada com uma pálida mariposa girando em torno dela; o clangor de um martelo invisível testando rodas; o movimento de deslizar para a escuridão; o vislumbre passageiro de uma mulher solitária tocando coisas de reflexos prateados dentro de sua frasqueira no estofamento azul de um compartimento iluminado".

Ela chegou pelo Expresso Norte num dia de inverno, sem o menor aviso, e mandou um bilhete seco pedindo para ver o filho. Meu pai estava no campo, numa caça ao urso; então minha mãe levou tranquilamente Sebastian ao Hotel d'Europe onde

Virginia havia se hospedado por uma única tarde. Lá, no saguão, ela viu a primeira esposa de seu marido, uma mulher esguia, ligeiramente angulosa, com um rostinho trêmulo debaixo de um imenso chapéu negro. Ela levantara o véu acima dos lábios para beijar o menino, e assim que o tocou caiu em prantos, como se a têmpora cálida de Sebastian fosse a própria fonte e saciedade de sua tristeza. Imediatamente depois, ela calçou as luvas e começou a contar para minha mãe, em mau francês, uma história sem sentido e bastante irrelevante sobre uma mulher polonesa que tinha tentado roubar seu nécessaire no vagão-restaurante. Ela então enfiou na mão de Sebastian um pacote de violetas cristalizadas, deu um sorriso nervoso a minha mãe e acompanhou o carregador que levava sua bagagem. Isso foi tudo, e no ano seguinte ela morreu.

Sabe-se por um primo dela, H. F. Stainton, que durante os últimos meses de sua vida ela vagou pelo sul da França, passando um dia ou dois em pequenas cidades quentes de província, raramente visitadas por turistas — febril, sozinha (tinha abandonado seu amante) e provavelmente muito infeliz. É de se pensar que ela estava fugindo de alguém ou de alguma coisa, uma vez que refazia e atravessava o próprio caminho; por outro lado, para qualquer pessoa que conhecesse seu temperamento, esse desligar-se caótico podia parecer o exagero final de sua inquietude usual. Ela morreu de falência cardíaca (doença de Lehmann) na pequena cidade de Roquebrune, no verão de 1909. Houve certa dificuldade para conseguir que seu corpo fosse despachado para a Inglaterra; sua família tinha morrido um pouco antes; o sr. Stainton sozinho assistiu a seu funeral em Londres.

Meus pais viviam felizes. Era uma união sossegada e terna, intocada pelos feios murmúrios de certos parentes nossos que diziam que meu pai, embora marido amoroso, de vez em quando sentia atração por outras mulheres. Um dia, por volta do Natal de 1912, uma conhecida dele, moça muito charmosa e impensada, mencionou por acaso, enquanto caminhavam pela Nevsky, que o noivo de sua irmã, um certo Palchin, conhecera a primeira mulher dele. Meu pai disse que se lembrava do homem: tinham se encontrado em Biarritz uns dez anos antes, ou seriam nove...

"Ah, mas ele esteve com ela depois também", disse a moça, "sabe, ele confessou para minha irmã que tinha vivido com Virginia depois que vocês se separaram... Depois, ela largou dele em algum lugar na Suíça... Engraçado, ninguém soube".

"Bom", meu pai disse, tranquilo, "se essa história não circulou antes, não há razão para as pessoas começarem a falar dez anos depois".

Por uma infeliz coincidência, logo no dia seguinte, um bom amigo de nossa família, o capitão Belov, perguntou casualmente a meu pai se era verdade que sua primeira esposa era da Austrália — ele, o capitão, sempre pensara que ela era inglesa. Meu pai respondeu que, pelo que ele sabia, os pais dela tinham morado algum tempo em Melbourne, mas que ela havia nascido em Kent.

"... O que leva você a me perguntar isso?", acrescentou.

O capitão respondeu evasivamente que sua esposa tinha estado numa festa ou algo assim onde alguém dissera alguma coisa...

"Algumas coisas vão ter de parar, eu acredito", disse meu pai.

Na manhã seguinte, foi ver Palchin, que o recebeu com uma demonstração de alegria maior que o necessário. Ele havia passado muitos anos no estrangeiro, disse, e estava contente de rever velhos amigos.

"Está se espalhando uma certa mentira suja", disse meu pai, sem se sentar, "e acho que o senhor sabe do que se trata".

"Olhe aqui, meu bom amigo", disse Palchin, "não adianta eu fingir que não entendo aonde está querendo chegar. Sinto muito que as pessoas estejam falando, mas realmente não há razão para perder a paciência... Não é culpa de ninguém que você e eu tenhamos estado no mesmo barco um dia".

"Nesse caso, meu senhor", disse meu pai, "minhas testemunhas procurarão o senhor".

Palchin era um tolo e um grosso, isso pelo menos fiquei sabendo da história que minha mãe me contou (e que na narrativa dela assumira a forma vívida e direta que tentei conservar aqui). Mas só porque Palchin era um tolo e um grosso é difícil para mim entender por que um homem do valor de meu pai havia de arriscar a própria vida para satisfazer... o quê? A honra de Virginia? Seu próprio desejo de vingança? Mas assim como a honra de Virginia tinha sido irrecuperavelmente perdida pelo simples fato de sua fuga, também todas as ideias de vingança deviam ter perdido havia muito seu gosto amargo nos anos felizes do segundo casamento de meu pai. Ou seria meramente o enunciar de um nome, o avistar de um rosto, a súbita visão grosseira de um indivíduo pisando o que tinha sido um manso fantasma sem rosto? E, no final das contas, esse eco do passado distante (e ecos raramente são mais que um latido, por mais pura a voz do emissor) valeria a ruína de nossa casa e a tristeza de minha mãe?

O duelo foi travado numa tempestade de neve à beira de um riacho congelado. Dois tiros foram trocados antes que meu pai caísse de bruços numa capa de exército azul-acinzentada estendida na neve. Palchin, com mãos trêmulas, acendeu um cigarro. O capitão Belov chamou os cocheiros que estavam humildemente esperando a alguma distância na estrada assolada pela neve. Toda a coisa bestial durou três minutos.

Em *Propriedade perdida*, Sebastian fornece suas próprias impressões desse lúgubre dia de janeiro. "Nem minha madrasta", ele escreve, "nem ninguém de nossa casa sabia do fato iminente. À noite, durante o jantar, meu pai atirou bolinhas de pão em mim, do outro lado da mesa: eu tinha passado o dia inteiro mal-humorado por causa de um infernal agasalho de lã que o médico havia insistido para eu usar, e ele estava querendo me alegrar; mas franzi a testa, enrubesci e virei o rosto. Depois do jantar, nos sentamos no estúdio, ele tomando café e ouvindo minha madrasta contar como Mademoiselle tinha o hábito nocivo de dar doces ao meu meio-irmão menor depois de ele ir para a cama; e eu, no outro lado da sala, no sofá, virando as páginas da revista *Chums*: 'Aguarde o próximo capítulo desta vibrante aventura.' Piadas na parte de baixo das grandes páginas finas. 'Mostraram a escola ao convidado de honra: O que mais tocou o senhor? — Uma ervilha atirada de uma zarabatana.' Trens expressos rugindo na noite.

O campeão de críquete que interceptou a faca que um malaio perverso atirou no amigo do jogador... Aquela 'impagável' série de três meninos, um dos quais era um contorcionista capaz de enrolar o nariz, o segundo mágico, o terceiro ventríloquo... Um cavaleiro saltando por cima de um carro de corrida...

"Na manhã seguinte, na escola, fui muito mal no problema de geometria que em nossa gíria chamávamos de 'Calças de Pitágoras'. A manhã estava tão escura que acenderam as luzes na sala de aula e isso sempre me dava um desagradável zumbido na cabeça. Voltei para casa por volta de três e meia da tarde com aquela pegajosa sensação de sujeira que eu sempre trazia da escola e que era agora intensificada pela roupa de baixo que pinicava. O ordenança de meu pai estava chorando no hall."

2

Em seu livro descuidado e muito enganoso, o sr. Goodman pinta em poucas frases mal escolhidas um retrato ridiculamente errado da infância de Sebastian Knight. Uma coisa é ser secretário de um autor, coisa muito diferente é estabelecer a vida de um autor; e se essa tarefa é motivada pelo desejo de colocar o próprio livro no mercado enquanto as flores num túmulo possam estar ainda sendo regadas com o lucro, é ainda outra coisa diferente tentar combinar a pressa comercial com pesquisa exaustiva, justiça e sabedoria. Não estou tentando prejudicar a reputação de ninguém. Não há difamação nenhuma em afirmar que, sozinho, o ímpeto de clicar uma máquina de escrever não consegue capacitar o sr. Goodman a observar que "uma educação russa foi imposta a um menino pequeno sempre consciente do rico traço inglês em seu sangue". Essa influência estrangeira, prossegue o sr. Goodman, "produziu agudo sofrimento à criança, de forma que em seus anos mais maduros era com um estremecimento que ele se lembrava dos mujiques barbados, dos ícones, do bordão das balalaicas, tudo isso afastando uma saudável criação inglesa".

Nem vale a pena apontar que o conceito que o sr. Goodman faz de um ambiente russo não é nada mais verdadeiro em natureza do que, digamos, as ideias que um calmuco faz da Inglaterra como um lugar escuro onde meninos pequenos são espancados até a morte por mestres-escola de suíças ruivas. O que precisa ser realmente enfatizado é o fato de que Sebastian foi criado em uma atmosfera de refinamento intelectual, misturando a elegância espiritual de uma família russa com os melhores tesouros da cultura europeia, e qualquer que fosse a reação de Sebastian a suas lembranças russas, sua natureza complexa e especial nunca desceu ao nível vulgar sugerido por seu biógrafo.

 Me lembro de Sebastian menino, seis anos mais velho que eu, bagunçando gloriosamente com aquarelas na aura caseira de um senhorial lampião de querosene cuja cúpula de seda rosada parece pintada por seu próprio pincel molhado, agora que brilha em minha memória. Vejo a mim mesmo, criança de quatro ou cinco anos, na ponta dos pés, me esforçando, inquieto, tentando enxergar melhor a caixa de pintura além do cotovelo em movimento de meu meio-irmão; vermelhos e azuis pegajosos, tão pincelados e usados que o esmalte brilha em suas cavidades. Há um ligeiro estalido cada vez que Sebastian mistura suas cores no interior da tampa da lata e a água no copo diante dele nubla-se de tons mágicos. Seu cabelo escuro, cortado rente, deixa visível uma pequena marca de nascença acima de sua diáfana orelha rosa avermelhada — nessa hora eu já subi numa cadeira —, mas ele continua a não prestar atenção em mim, até que, num mergulho precário, tento tocar a pastilha mais azul da caixa e então, com um impulso do ombro ele me empurra para longe, ainda sem se virar, ainda tão silencioso e distante como sempre em relação a mim. Me lembro de espiar por cima do peitoril e ver que ele subia a escada, depois da escola, vestido com o uniforme preto regulamentar com aquele cinto de couro que eu cobiçava em segredo, subindo devagar, mole, arrastando a mochila manchada atrás dele, batendo no corrimão e de vez em quando subindo dois ou três degraus de uma vez. Com os lábios apertados num bico, solto uma cusparada branca que cai e cai, sem atingir Sebastian; e faço isso não porque queira incomodá-lo, mas simplesmente numa esperançosa e vã tentativa de fazê-lo notar minha existência. Tenho uma vívida lembrança também dele andando numa bicicleta com guidão muito baixo por um caminho malhado de sol no parque de nossa casa no campo, rodando devagar, os pedais imóveis, e eu trotando atrás, trotando um pouco mais depressa, enquanto com as sandálias nos pés ele aperta os pedais; estou dando o máximo para acompanhar o tic-tic chiado da roda de trás, mas ele não me nota e logo me deixa desamparadamente para trás, muito sem fôlego e ainda trotando.

Então, depois, quando ele tinha dezesseis anos e eu dez, ele às vezes me ajudava com as lições, explicando as coisas de um jeito tão rápido e impaciente que de nada adiantava sua ajuda, e depois de algum tempo ele guardava o lápis no bolso e saía da sala. Nessa época, ele era alto e de rosto pálido com uma sombra escura acima do lábio superior. Seu cabelo era então brilhante e repartido, e ele escrevia versos em um caderno preto que mantinha trancado em sua gaveta.

Uma vez, descobri onde ele guardava a chave (numa fenda na parede perto da estufa holandesa branca de seu quarto) e abri aquela gaveta. Lá estava o caderno; também a fotografia da irmã de um de seus colegas de escola; algumas moedas de ouro; e uma bolsinha de musselina com violetas cristalizadas. Os poemas eram escritos em inglês. Eu tinha tido aulas de inglês em casa não muito antes da morte de meu pai e, embora não conseguisse falar a língua com fluência, lia e escrevia nela com relativa facilidade. Me lembro vagamente de que os versos eram muito românticos, cheios de rosas escuras, estrelas e o chamado do mar; mas um detalhe permanece perfeitamente claro em minha memória: a assinatura debaixo de cada poema era um cavalinho preto do jogo de xadrez, desenhado a tinta.

Tenho me esforçado para formar um quadro coerente do que eu vi de meu meio-irmão naquela época da minha infância, entre, digamos, 1910 (meu primeiro ano de consciência) e 1919 (ano em que ele foi para a Inglaterra). Mas a tarefa me escapa. A imagem de Sebastian não aparece como parte de minha infância, assim sujeita à infinita seleção e desenvolvimento, nem aparece como uma sucessão de visões familiares, mas me vem em uns poucos retalhos brilhantes, como se ele não fosse um membro constante de nossa família, mas alguma visita errante atravessando uma sala iluminada e depois desaparecendo na noite por um longo intervalo. Expliquei isso não tanto pelo fato de que meus próprios interesses infantis impediam qualquer relação consciente com alguém que não tinha idade suficiente para ser meu guia, mas por causa da constante indiferença de Sebastian, o que, embora eu o amasse ternamente, jamais permitiu que meu afeto recebesse reconhecimento ou sustento. Eu poderia, sim, descrever o jeito de ele andar, ou rir, ou espirrar, mas tudo isso não seria mais que um amontoado de retalhos de filme de cinema cortado com tesoura sem nada em comum com o drama essencial. E drama havia. Sebastian não conseguia esquecer sua mãe, nem conseguia esquecer que seu pai tinha morrido por ela. O fato de seu nome nunca ser mencionado em nossa casa acrescentava um glamour mórbido ao encanto relembrado que impregnava sua alma impressionável. Não sei se ele se lembrava com alguma clareza da época em que ela era esposa do pai dele; provavelmente lembrava, de alguma forma, como uma suave luminescência no pano de fundo de sua vida. Também não sei dizer o que ele sentiu ao ver a mãe de novo quando menino de nove anos. Minha mãe diz que ele ficou indiferente e calado, nunca mais mencionando aquele encontro curto e pateticamente incompleto. Em *Propriedade perdida*, Sebastian insinua um vago sentimento amargo pelo pai feliz e casado novamente, um sentimento que mudou para um enlevo de adoração quando descobriu a razão do duelo fatal do pai.

"Minha descoberta da Inglaterra", escreve Sebastian (*Propriedade perdida*), "pôs nova vida em minhas memórias mais íntimas... Depois de Cambridge, fiz uma viagem ao Continente e passei duas semanas tranquilas em Monte Carlo. Creio que há algum cassino lá, onde as pessoas jogam, mas se há, não o vi, uma vez que a maior parte do meu tempo estava tomada pela composição de meu primeiro romance — uma coisa muito pretensiosa que, fico contente de dizer, foi recusada por quase tantos editores quantos leitores teve o meu livro seguinte. Um dia, saí para um longo passeio e encontrei um lugar chamado Roquebrune. Era em Roquebrune que minha mãe tinha morrido treze anos antes. Me lembro bem do dia em que meu pai me contou da morte dela e o nome da pensão em que ocorreu. O nome era 'Les Violettes'. Perguntei a um motorista se ele conhecia essa casa, mas ele disse que não. Então perguntei ao fruteiro e ele me mostrou onde era.

Cheguei enfim a uma mansão rosada com telhado das típicas telhas redondas vermelhas da Provença e notei um ramo de violetas pintado toscamente no portão. Então era essa a casa. Atravessei o jardim e falei com a proprietária. Ela disse que tinha acabado de comprar a pensão do antigo dono e que não sabia nada do passado. Pedi permissão para me sentar um pouco no jardim. Um velho, nu até onde eu podia enxergar, me espiava de uma varanda, mas fora ele não havia mais ninguém em torno. Sentei num banco azul debaixo de um grande eucalipto, a casca meio removida, como parece ser o caso com esse tipo de árvore. Então tentei ver a casa rosada, a árvore e todo o aspecto do lugar como minha mãe tinha visto. Lamentei não saber qual a janela exata de seu quarto. A julgar pelo nome da mansão, eu tinha certeza de que diante de seus olhos tinha estado o mesmo canteiro de amores-perfeitos roxos. Aos poucos, fui entrando num tal estado que por um momento o rosa e o verde pareceram tremular e flutuar como se vistos através de um véu de névoa. Minha mãe, uma figura magra e apagada num chapéu grande, subiu devagar a escada que pareceu se dissolver em água. Um baque terrível me fez recobrar a consciência. Uma laranja tinha rolado do saco de papel em meu colo. Peguei-a e saí do jardim. Alguns meses depois, em Londres, encontrei por acaso um primo dela. Um lance da conversa me levou a mencionar que tinha visitado o lugar onde ela morrera. 'Ah', disse ele, 'mas foi na outra Roquebrune, a que fica perto de Var'".

É curioso notar que o sr. Goodman, citando a mesma passagem, contenta-se em comentar que "Sebastian Knight era tão fascinado pelo lado burlesco das coisas e tão incapaz de prezar a sua seriedade que conseguia, sem ser por natureza insensível ou cínico, fazer graça com emoções íntimas, corretamente tidas como sagradas pelo resto da humanidade". Não é de admirar que esse solene biógrafo fique fora de sintonia com seu herói em todos os pontos da história.

Por razões já mencionadas, não tentarei descrever a infância de Sebastian com nada parecido com a continuidade metodológica que eu teria normalmente obtido fosse Sebastian um personagem de ficção. Se assim fosse, eu poderia esperar manter o leitor instruído e entretido retratando o uniforme desenvolvimento de meu herói desde a infância até a juventude. Mas se eu tentasse isso com Sebastian o resultado seria uma daquelas "*biographies romancées*" que são, de longe, o pior tipo de literatura já inventada. Então que se feche a porta, deixando apenas uma fina linha de luz estendida por baixo, que essa lâmpada se apague também no quarto vizinho onde Sebastian dormia; que a bela casa olivácea no aterro Neva se apague gradualmente na geada cinza azulada da noite, com flocos de neve caindo suavemente e pairando na luminosidade branca lunar do alto poste de luz, empoando os membros poderosos das duas figuras barbadas que sustentam num esforço de Atlas a sacada envidraçada do quarto de meu pai. Meu pai está morto, Sebastian está dormindo, ou pelo menos quieto como um ratinho, no quarto ao lado — e eu estou deitado na cama, inteiramente acordado, olhando a escuridão.

    Uns vinte anos depois, fiz uma viagem a Lausanne a fim de encontrar a velha senhora suíça que tinha sido primeiro a governanta de Sebastian, depois a minha. Ela devia ter seus cinquenta anos quando nos deixou em 1914; a correspondência entre nós cessara havia muito, de forma que eu não tinha nenhuma certeza de encontrá-la ainda viva em 1936. Mas encontrei. Existia, conforme descobri, um sindicato de velhas mulheres suíças que tinham sido governantas na Rússia antes da revolução. Elas "viviam no passado", como me explicou o cavalheiro muito gentil que me guiou até lá, e ocupavam seus últimos anos — e a maior parte dessas senhoras era decrépita e caduca — comparando anotações, se envolvendo em mesquinhas disputas umas com as outras e insultando o estado de coisas na Suíça que encontraram depois de seus muitos anos de vida na Rússia. A tragédia delas residia no fato de durante todos esses anos passados num país estrangeiro elas terem se mantido absolutamente imunes a suas influências (a ponto de não aprenderem nem as mais simples palavras russas); um tanto hostis a seu ambiente — quantas vezes eu tinha ouvido Mademoiselle lamentar seu exílio, reclamar por ser menosprezada e incompreendida, e ansiar por sua bela terra natal; mas quando essas pobres almas errantes voltaram para casa, viram-se inteiramente estranhas em um país transformado, de forma que por uma caprichosa virada de sentimento, a Rússia (que para elas tinha realmente sido um abismo desconhecido, retumbando além do canto iluminado a lampião num abafado quartinho dos fundos com fotografias familiares em molduras de madrepérola e uma vista em aquarela do castelo de Chillon), a Rússia desconhecida agora assumia o aspecto de um paraíso perdido, um lugar vasto, vago, mas, em retrospectiva, amigável, povoado de caprichos saudosos. Encontrei Mademoiselle muito surda e grisalha, mas falante como sempre, e depois da efusão dos primeiros abraços ela começou a relembrar pequenos fatos de minha infância que estavam ou irrecuperavelmente distorcidos, ou eram tão estranhos à minha memória que eu duvidava de sua passada realidade. Ela não sabia nada da morte de minha mãe; nem sabia que Sebastian tinha morrido três meses antes. Incidentalmente, ela ignorava também que ele havia sido um grande escritor. Ficou muito chorosa e suas lágrimas eram muito sinceras, mas pareceu ficar um tanto incomodada de eu não chorar com ela. "Você sempre foi tão controlado", ela disse. Contei que estava escrevendo um livro sobre Sebastian e pedi que ela falasse sobre a infância dele. Ela tinha chegado a nossa casa logo depois do segundo casamento de meu pai, mas o passado estava tão apagado e deslocado em sua cabeça que ela falava da primeira esposa de meu pai ("*cette horrible anglaise*") como se a tivesse conhecido como conheceu minha mãe ("*cette femme admirable*"). "Coitadinho do meu Sebastian", ela gemeu, "tão terno comigo, tão nobre. Ah, agora eu me lembro o jeito que ele tinha de jogar os bracinhos em torno do meu pescoço e dizer: 'Odeio todo mundo, menos você, Zelle, só você entende a minha alma.' E aquele dia em que eu dei um tapa de leve na mão dele — *une toute petite tape* — por ter sido rude com sua mãe... a expressão dos olhos dele... me deu vontade de chorar... e a voz dele quando disse: 'Agradeço a você, Zelle. Isso nunca mais vai acontecer de novo...'".

Ela continuou assim durante um longo tempo, me deixando desanimadoramente incomodado. Por fim consegui, depois de diversas tentativas infrutíferas, virar a conversa — eu já estava bem rouco nesse momento, uma vez que ela havia perdido sua trompa de audição. Então ela falou de sua vizinha, uma criaturinha gorda, ainda mais velha que ela, que eu havia encontrado no corredor. "A boa mulher é bem surda", reclamou, "e uma tremenda mentirosa. Eu sei com certeza que ela só deu aulas para os filhos da princesa Demidov, nunca morou lá". "Escreva esse livro, esse belo livro", ela bradou quando eu estava indo embora, "faça um conto de fadas, com Sebastian de príncipe. O príncipe encantado... Muitas vezes eu disse para ele: Sebastian, cuidado, as mulheres vão adorar você. E ele respondia com uma risada: Bom, eu vou adorar as mulheres também...".

Eu me retorcia por dentro. Ela me deu um beijo estalado e tapinhas na mão e estava de novo chorosa. Olhei seus velhos olhos enevoados, o lustro mortiço dos dentes falsos, o bem lembrado broche de granada no peito... Nos despedimos. Estava chovendo forte, e fiquei desconcertado e irritado de ter interrompido meu segundo capítulo para fazer essa peregrinação inútil. Uma impressão me perturbava em especial. Ela não havia feito uma única pergunta sobre a vida adulta de Sebastian, nem uma única pergunta sobre como ele morreu, nada.

3

Em novembro de 1918, minha mãe resolveu fugir com Sebastian e comigo dos perigos da Rússia. A revolução estava a pleno vapor, as fronteiras fechadas. Ela entrou em contato com um homem que tinha transformado em sua profissão o transporte clandestino de refugiados para o estrangeiro, e ficou acertado que por uma certa taxa, metade da qual paga adiantado, ele nos levaria à Finlândia. Devíamos descer do trem pouco antes da fronteira, num lugar a que podíamos chegar legalmente e depois atravessar por caminhos secretos, dupla e triplamente secretos devido às nevascas daquela região silenciosa. No ponto de partida de nossa viagem, nos vimos, minha mãe e eu, esperando por Sebastian, que, com a heroica ajuda do capitão Belov, estava transportando de carrinho a bagagem da casa para a estação. O trem devia partir às 8h40. Oito e meia e nada de Sebastian. Nosso guia já estava no trem, sentado calmamente a ler o jornal; ele alertara minha mãe que em nenhuma circunstância ela deveria falar com ele em público, e à medida que passava o tempo e o trem se preparava para sair, uma sensação de amortecimento de pesadelo começou a tomar conta de mim. Sabíamos que o homem, segundo as tradições de sua profissão, jamais tentaria de novo uma performance que houvesse falhado já de início. Sabíamos também que não tínhamos como pagar de novo as despesas da fuga. Os minutos passavam e eu sentia alguma coisa gorgolejando desesperadamente na boca do estômago. A ideia de que dentro de um ou dois minutos o trem ia partir e que teríamos de voltar para um sótão escuro e frio (nossa casa havia sido nacionalizada meses antes) era absolutamente desastrosa. A caminho da estação, tínhamos passado por Sebastian e Belov empurrando pesadamente pela neve crepitante o carrinho carregado. Essa imagem agora pairava então imóvel diante de meus olhos (eu era um menino de treze anos e muito imaginativo) como uma coisa encantada reduzida a uma eterna paralisia. Minha mãe, as mãos enfiadas nas mangas e uma mecha de cabelo grisalho saindo por baixo do lenço de lã, ia de um lado para outro, tentando chamar a atenção do nosso guia cada vez que passava por sua janela. Oito e quarenta e cinco, oito e cinquenta... O trem estava atrasado, mas finalmente o apito soou, um jato de fumaça branca e quente correu atrás da própria sombra na neve marrom da plataforma, e ao mesmo tempo Sebastian apareceu correndo, os protetores de orelha do boné batendo no vento. Nós três saltamos para o trem em movimento. Passou-se algum tempo até ele conseguir nos contar que o capitão Belov tinha sido preso na rua bem quando estavam passando na frente da casa onde ele havia morado antes, e que, deixando a bagagem à própria sorte, ele, Sebastian, tinha vindo numa corrida desesperada até a estação. Poucos meses depois, ficamos sabendo que nosso pobre amigo havia sido morto com um tiro, junto com uma porção de gente na mesma leva, ombro a ombro com Palchin, que morreu tão bravamente como Belov.

Em seu último livro publicado, *O asfódelo duvidoso* (1936), Sebastian mostra um personagem episódico que acabou de escapar de um país não identificado de terror e miséria. "O que posso lhes dizer do meu passado, cavalheiros [diz ele], é que nasci em uma terra onde a ideia de liberdade, a noção de direito, o hábito da bondade humana eram coisas friamente desprezadas e brutalmente banidas. De vez em quando, no curso da história, um governo hipócrita pinta as paredes da prisão nacional de um tom mais agradável de amarelo e proclama em altos brados a concessão de direitos conhecidos em estados mais felizes; mas esses direitos ou eram gozados exclusivamente pelos carcereiros ou continham alguma falha secreta que os tornava ainda mais amargos do que os decretos da tirania franca... Todo homem na terra era um escravo, se não era um agressor; e assim como a alma e tudo o que a ela pertencia eram negados ao homem, infligir dor física era considerado suficiente para governar e guiar a natureza humana... De quando em quando, uma coisa chamada revolução ocorria, transformando os escravos em agressores e vice-versa... Um país sombrio, um lugar infernal, cavalheiros, e se existe alguma coisa de que tenho certeza na vida é que eu jamais trocarei a liberdade de meu exílio pela vil paródia de lar..."

Devido ao fato de haver no discurso desse personagem uma referência circunstancial a "grandes florestas e planícies cobertas de neve", o sr. Goodman conclui prontamente que toda a passagem registra a atitude do próprio Sebastian Knight em relação à Rússia. Isso é um equívoco grosseiro; que fique bem claro para qualquer leitor não preconceituoso que as palavras citadas se referem mais a um caprichoso amálgama de tirânicas iniquidades do que a qualquer nação particular ou realidade histórica. E se as ligo à minha parte da história que lida com a fuga de Sebastian da Rússia revolucionária é porque quero fazê-las acompanhar imediatamente por umas poucas frases emprestadas de sua obra mais autobiográfica: "Eu sempre acho", ele escreve (*Propriedade perdida*), "que uma das emoções mais puras é a saudade que o homem banido sente da terra de seu nascimento. Eu gostaria de mostrá-lo forçando a memória ao máximo em um esforço contínuo para manter viva e brilhante a visão de seu passado: os montes azuis relembrados e as estradas alegres, a cerca viva com sua rosa extraoficial e o campo com seus coelhos, a torre distante e a campânula próxima... Mas como o tema já foi tratado por meus superiores e também porque tenho uma desconfiança inata por aquilo que acho fácil de expressar, nenhum andarilho sentimental jamais poderá pousar no rochedo de minha prosa inamistosa".

Seja qual for a conclusão particular dessa passagem, é óbvio que só alguém que sabe o que é deixar um país querido poderia ser assim tentado a retratar a nostalgia. Acho impossível acreditar que Sebastian, por mais horrendo que fosse o aspecto da Rússia na época de sua fuga, não sentisse a pontada que todos nós experimentamos. No final das contas, tinha sido sua terra natal, e o conjunto de boa gente, bem-intencionada, de boas maneiras levada à morte ou ao exílio pelo único crime de existir era o cenário do qual ele também fazia parte. Suas sombrias aflições juvenis, a romântica — e quero acrescentar, um tanto artificial — paixão pela terra da sua mãe não podiam, tenho certeza, excluir o real afeto pelo país onde ele nascera e fora criado.

Depois de despencar silenciosamente na Finlândia, vivemos por algum tempo em Helsingfors. Então nossos caminhos se separaram. Minha mãe, por sugestão de um velho amigo, me levou a Paris, onde continuei minha educação. E Sebastian foi para Londres e Cambridge. A mãe dele havia lhe deixado uma renda confortável, e quaisquer problemas que o tenham afetado mais tarde na vida não foram nunca financeiros. Pouco antes de ele partir, nos sentamos, os três, para um minuto de silêncio de acordo com a tradição russa. Me lembro do jeito que minha mãe estava sentada, com as mãos no colo, girando a aliança de casamento de meu pai (como ela sempre fazia quando estava inativa) que usava no mesmo dedo que a dela e que era tão grande que ela amarrara à dela com um fio preto. Me lembro da pose de Sebastian também; ele estava usando um terno azul-marinho, sentado com as pernas cruzadas, o pé de cima balançando suavemente. Eu me levantei primeiro, depois ele, depois minha mãe. Ele nos tinha feito prometer que não acompanharíamos seu embarque no navio, de forma que foi ali, naquela sala caiada, que nos despedimos. Minha mãe fez um rápido sinal da cruz sobre o rosto inclinado dele e um momento depois o vimos pela janela, quando tomou o táxi com a mala, na última atitude recurvada dos que partem.

Não era sempre que tínhamos notícias dele, e suas cartas não eram muito longas. Durante seus três anos em Cambridge, ele nos visitou duas vezes em Paris — melhor dizer uma, porque a segunda vez foi quando veio para o funeral de minha mãe. Ela e eu falávamos com ele bem frequentemente, sobretudo nos últimos anos da vida dela, quando ela já sabia que seu fim estava próximo. Foi ela quem me contou a estranha aventura de Sebastian em 1917, sobre a qual eu nada sabia porque na época eu por acaso estava passando férias na Crimeia. Parece que Sebastian ficara amigo do poeta futurista Alexis Pan e de sua esposa Larissa, um estranho casal que alugava um chalé vizinho a nossa casa de campo perto de Luga. Ele era um homenzinho robusto e ruidoso com um brilho de real talento escondido na confusa obscuridade de seus versos. Mas como ele fazia o máximo para chocar as pessoas com sua monstruosa carga de palavras inúteis (foi o inventor do "grunhido submental", como ele dizia), sua principal produção parece agora tão fútil, tão falsa, tão antiquada (coisas supermodernas têm uma estranha tendência a ficar datadas muito mais depressa que outras) que o seu real valor é lembrado apenas por uns poucos eruditos que admiram as magníficas traduções de poemas ingleses feitas por ele no início de sua carreira literária — sendo uma delas no mínimo um milagre da transfusão verbal: sua tradução para o russo de *La belle dame sans merci*, de Keats.

Então, uma manhã, no começo do verão, Sebastian, aos dezessete anos, desapareceu deixando a minha mãe um recado curto em que a informava de que ia acompanhar Pan e a esposa numa viagem ao Oriente. De início, ela achou que era brincadeira (Sebastian, apesar de toda a sua melancolia, às vezes pregava alguma peça infernal, como aquela vez em um bonde lotado em que fez o cobrador entregar a uma moça do outro lado do vagão uma nota escrita que na realidade dizia o seguinte: sou apenas um pobre cobrador, mas amo você); quando, porém, ela foi até a casa dos Pan, descobriu efetivamente que tinham partido. Soube-se depois que a ideia que Pan fazia de uma viagem marcopoliana consistia em ir delicadamente trabalhando para o Oriente de uma cidade provinciana para outra, apresentando em cada uma delas uma "surpresa lírica", isto é, alugar uma sala (ou um barracão, se não houvesse sala disponível) e ali realizar uma performance poética cujo lucro líquido deveria levar a ele, sua esposa e Sebastian até a próxima cidade. Nunca se soube claramente quais eram as funções, a ajuda ou os deveres de Sebastian, ou se ele devia simplesmente ficar por perto para buscar coisas quando necessário e ser bom com Larissa, que era temperamental e não se acalmava com facilidade. Em geral, Alexis Pan aparecia no palco vestido com casaca, perfeitamente correta, a não ser pelo fato de ser bordada com imensas flores de lótus. Em sua calva havia a pintura de uma constelação (a do Cão Maior). Ele recitava seus versos com uma grande voz tonitruante, o que, vindo de um homem tão pequeno, fazia pensar em um rato gerando montanhas. Ao lado dele na plataforma, sentava-se Larissa, uma grande mulher equina com um vestido roxo, pregando botões ou remendando uma calça velha, sendo que ela nunca fazia nenhuma dessas coisas para seu marido na vida cotidiana. De vez em quando, entre dois poemas, Pan fazia uma dança lenta: mistura de gestos de pulso javaneses com suas próprias invenções rítmicas. Depois dos recitais, ficava gloriosamente bêbado — e esse foi o seu fim. A viagem para o Oriente terminou em Simbirsk, com Alexis inconsciente de bêbado e sem um tostão em uma pensão imunda e Larissa com seus ataques trancada na delegacia por ter esbofeteado algum oficial intrometido que não aprovara o gênio ruidoso de seu marido. "Qualquer outro rapaz", acrescentou minha mãe, "teria ficado bem embaraçado e devidamente envergonhado de toda essa bobagem", mas Sebastian falava dessa viagem como um curioso incidente no qual ele havia sido um observador neutro. Por que ele havia se juntado a esse espetáculo ridículo e o que de fato o levara a ficar amigo daquele casal grotesco era um completo mistério (minha mãe achava que ele talvez tivesse sido seduzido por Larissa, mas a mulher era absolutamente comum, velhusca e violentamente apaixonada pelo marido esquisito). Eles saíram da vida de Sebastian logo depois. Dois ou três anos mais tarde, Pan gozou em ambientes bolcheviques de uma breve voga artificial devida, creio, à estranha ideia (baseada sobretudo numa confusão de termos) de que existe uma ligação natural entre política extrema e arte extrema. Depois, em 1922 ou 1923, Alexis Pan cometeu suicídio com a ajuda de um suspensório.

"Sempre senti", disse minha mãe, "que nunca conheci Sebastian de verdade. Sabia que tirava boas notas na escola, lia uma quantidade inacreditável de livros, tinha hábitos de limpeza, insistia em tomar banho frio toda manhã apesar de seus pulmões não serem lá muito fortes... Eu sabia disso tudo e mais, porém ele em si me escapava. E agora que vive num país estrangeiro e nos escreve em inglês não consigo evitar a ideia de que ele será para sempre um enigma. Embora Deus saiba o quanto eu tentei ser boa para o rapaz".

Quando Sebastian nos visitou em Paris, perto do fim de seu primeiro ano universitário, eu fiquei perplexo com sua aparência estrangeira. Estava usando um pulôver amarelo-canário debaixo do paletó de tweed. A calça de flanela era larga e as meias grossas pendiam, livres de suspensórios. As listas de sua gravata eram berrantes e por alguma razão ele usava um lenço dentro da manga. Fumava cachimbo na rua e o esvaziava batendo no salto do sapato. Tinha adquirido um novo costume de parar de costas para a lareira, com as mãos afundadas nos bolsos da calça. Falava russo entrecortado, voltando para o inglês assim que a conversa se transformava em qualquer coisa mais prolongada que um par de frases. Ficou exatamente uma semana.

Da próxima vez que veio, minha mãe não existia mais. Ficamos sentados lado a lado um longo tempo depois do funeral. Ele me deu tapinhas desajeitados no ombro quando os óculos dela, que vi largados numa estante, me lançaram num estremecimento de lágrimas que eu tinha conseguido controlar até então. Ele foi muito gentil e atencioso, de um jeito vago e distante, como se estivesse o tempo todo pensando em outra coisa. Discutimos as coisas e ele me sugeriu ir para a Riviera e depois para a Inglaterra; eu tinha acabado de terminar a escola. Eu disse que preferia permanecer em Paris, onde tinha muitos amigos. Ele não insistiu. Tocou-se também na questão do dinheiro e ele observou, de um jeito estranhamente informal, que eu podia contar que ele sempre me daria todo o dinheiro de que eu precisasse. Acho que usou a palavra "níquel", mas não tenho certeza. No dia seguinte, ele partiu para o sul da França. De manhã, fomos dar uma caminhada curta e, como sempre acontecia quando estávamos juntos sozinhos, eu fiquei curiosamente envergonhado, a todo momento procurando dolorosamente dentro de mim algum tópico de conversação. Ele estava calado também. Na hora de ir embora, disse: "Bom, então é isso. Se você precisar de qualquer coisa, me escre-

va para meu endereço de Londres. Espero que a sua *Sore-bone**
funcione tão bem como a minha Cambridge. E a propósito, tente encontrar disciplinas que sejam do seu interesse e fique nelas — até concluir que são aborrecidas." Um ligeiro brilho apareceu em seus olhos escuros. "Boa sorte", ele disse, "cuide-se", e apertou minha mão do jeito mole e reservado que tinha adquirido na Inglaterra. De repente, sem nenhuma razão plausível, senti uma imensa pena dele e quis dizer alguma coisa verdadeira, alguma coisa com asas e um coração, mas os pássaros que eu queria só mais tarde pousaram nos meus ombros e na minha cabeça, quando eu estava sozinho e não precisava de palavras.

---

* Literalmente, "osso dolorido", trocadilho com Sorbonne, nome da famosa universidade francesa. (N. do T.)

4

Dois meses haviam se passado depois da morte de Sebastian quando este livro foi iniciado. Bem sei o quanto ele teria detestado eu ficar sentimental, mas ainda não consigo deixar de dizer que meu afeto de vida inteira por ele, o qual de uma forma ou de outra sempre fora esmagado e indireto, veio à tona, então, com uma tal chama de força emocional que todas as minhas outras atividades se transformaram em tremulantes silhuetas. Durante nossos raros encontros, nunca havíamos discutido literatura, e agora que qualquer tipo de comunicação entre nós estava impedido pelo estranho hábito humano de morrer, eu lamentava desesperadamente nunca ter dito a Sebastian o quanto gostava de seus livros. Porém me vejo inevitavelmente perguntando se ele sabia ao menos que eu os tinha lido.

Mas o que eu sabia de fato sobre Sebastian? Posso dedicar alguns capítulos ao pouco que me lembro de sua infância e juventude — mas e depois? Enquanto planejava meu livro, ficou evidente que eu teria de fazer uma quantidade imensa de pesquisa, encontrando sua vida pedaço por pedaço e soldando os fragmentos com meu conhecimento íntimo de sua personalidade. Conhecimento íntimo? Sim, isso era uma coisa que eu possuía, que eu sentia em cada nervo. E quanto mais eu ponderava sobre isso, mais eu percebia que tinha também uma outra ferramenta na mão: quando eu imaginava atitudes dele sobre as quais só tinha ouvido falar depois de sua morte, eu sabia com certeza que em tal ou tal caso eu teria agido exatamente como ele agira. Uma vez, aconteceu de eu ver dois irmãos, campeões de tênis, jogarem um contra o outro; os lances deles eram totalmente diferentes, e um dos dois era muito, muito melhor que o outro; mas o ritmo geral de seus movimentos quando se deslocavam por toda a quadra era exatamente o mesmo, de forma que, se fosse possível traçar ambos os sistemas, surgiriam dois desenhos idênticos.

 Suponho que Sebastian e eu também tínhamos algum tipo de ritmo comum; isso pode explicar a curiosa sensação de "já aconteceu antes" que toma conta de mim quando estou seguindo os meandros de sua vida. E se, como sempre acontecia com ele, os "por quês" de seu comportamento fossem outros tantos X, sempre descubro o sentido disso esclarecido na forma inconsciente desta ou daquela frase escrita por mim. Não há nisso a intenção de dizer que eu tinha em comum com ele qualquer riqueza mental, qualquer faceta de talento. Longe disso. O gênio dele sempre me pareceu um milagre absolutamente independente de quaisquer coisas definidas que pudéssemos ter experimentado ambos no ambiente similar de nossa infância. Posso ter visto e lembrado o que ele viu e lembrou, mas a diferença entre o poder de expressão dele e o meu é comparável à que existe entre um piano Bechstein e um chocalho de bebê. Eu não teria permitido que ele visse nem a mais ínfima frase deste livro para evitar que estremecesse com a maneira como eu lido com meu inglês miserável. E ele estremeceria. Nem ouso imaginar suas reações se soubesse que antes de começar sua biografia, seu meio-irmão (cuja experiência literária somava até então uma ou duas traduções ocasionais para o inglês, solicitadas por uma empresa de motores) teve de fazer um curso de "seja um escritor" alegremente anunciado numa revista inglesa. Sim, eu confesso — não que eu me arrependa. O cavalheiro que, por uma soma razoável, deveria fazer de minha pessoa um escritor de sucesso realmente se deu a imensos trabalhos para me ensinar a ser reservado e elegante, forte e vivo, e se eu resultasse um aluno sem esperança — embora ele fosse gentil demais para admitir isso — era porque desde o começo eu tinha sido hipnotizado pela glória perfeita de um conto que ele me mandou como exemplo daquilo que seus alunos eram capazes de fazer e vender. O conto trazia, entre outras coisas, um chinês malvado que rosnava, uma moça valente com olhos cor de avelã e um sujeito grande e calado cujos nós dos dedos ficavam brancos quando alguém o aborrecia de verdade. Eu não me permitiria mencionar esse assunto bastante assustador se ele não revelasse o quanto eu estava despreparado para a minha tarefa e até que ponto os loucos extremos de insegurança me levaram. Quando finalmente peguei a caneta, tinha me preparado para enfrentar o inevitável, o que é apenas outro jeito de dizer que eu estava pronto para tentar dar o melhor de mim.

Existe também uma outra pequena moral espreitando por trás desse assunto. Se Sebastian tivesse feito o mesmo tipo de curso por correspondência que eu fiz, só pelo prazer da coisa, só para ver o que acontecia (ele apreciava esses divertimentos), ele teria se transformado em um aluno incalculavelmente mais incompetente que eu. Ao ser orientado a escrever como o sr. Todomundo ele teria escrito como nenhum. Não consigo nem copiar seu estilo porque o estilo de seu texto era o de seu pensamento, que era uma estonteante sucessão de lacunas; e não se pode imitar uma lacuna porque se acaba por preenchê-la de uma forma ou de outra — eliminando-a no processo. Mas, quando nos livros de Sebastian eu encontro algum detalhe de atmosfera ou uma impressão que me faz lembrar de imediato, digamos, de um certo efeito de luz em um lugar determinado que nós dois notamos, um sem saber do outro, então eu sinto que apesar de não conseguir alcançar nem o dedão do pé do talento dele, nós efetivamente possuímos certas afinidades psicológicas que irão me ajudar.

A ferramenta estava ali, tinha de ser posta em uso. Meu primeiro dever depois da morte de Sebastian foi organizar seus pertences. Ele tinha deixado tudo para mim e eu recebera uma carta dele me instruindo a queimar certos papéis seus. Estava escrita de forma tão obscura que de início achei que pudesse se referir a rascunhos ou manuscritos abandonados, mas logo descobri que, a não ser por algumas páginas soltas dispersas entre outros papéis, ele próprio os tinha destruído muito tempo antes, pois pertencia àquele raro tipo de escritor que sabe que nada deve permanecer além do resultado perfeito: o livro impresso; que sua real existência é incoerente com a de seu espectro, o manuscrito cru exibindo suas imperfeições como um fantasma vingativo que leva a cabeça debaixo do braço; e que, por essa razão, o lixo do escritório, independentemente de seu valor sentimental ou comercial, nunca deve sobreviver.

 Quando pela primeira vez na minha vida visitei o pequeno apartamento de Sebastian no número 36 do Oak Park Gardens, em Londres, tive a sensação de vazio de ter protelado um encontro por tempo demais. Três cômodos, uma lareira fria, silêncio. Durante os últimos anos de vida, ele não tinha estado muito ali, nem tinha morrido ali. Metade de seus ternos, na maioria velhos, estava pendurada no guarda-roupa e por um segundo tive a estranha impressão de que o corpo de Sebastian havia se multiplicado rigidamente em uma sucessão de formas de ombros quadrados. Eu o tinha visto uma vez com aquele casaco marrom; toquei a manga, mas estava mole e indiferente a esse leve apelo da memória. Havia sapatos também, que tinham andado muitos quilômetros e agora chegavam ao fim de sua jornada. Camisas dobradas deitadas de costas. O que todas essas coisas tranquilas podiam me contar de Sebastian? Sua cama. Uma pequena pintura a óleo, antiga, um pouco rachada (estrada lamacenta, arco-íris, lindas poças), contra a parede branco-marfim acima dela. O foco de seu olhar ao despertar.

 Olhando em torno de mim, todas as coisas naquele quarto pareciam ter simplesmente pulado para trás numa fração de segundo como se pegas de surpresa, e agora estavam gradualmente retribuindo meu olhar, tentando ver se eu notara seu culpado sobressalto. Era particularmente o caso da poltrona baixa, estofada de branco junto à cama; eu me perguntei o que ela havia roubado. Então, apalpando os recessos de suas dobras relutantes, encontrei uma coisa dura: que por acaso era uma castanha-do-pará, e a poltrona cruzando novamente os braços retomou sua expressão inescrutável (que podia ser uma expressão de desdenhosa dignidade).

 O banheiro. A prateleira de vidro, nua a não ser pela lata de talco vazia com violetas entre os ombros, parada ali sozinha, refletida no espelho como um anúncio colorido.

Então examinei os dois cômodos principais. A sala de jantar era curiosamente impessoal, como todos os lugares onde as pessoas comem: talvez porque a comida é o nosso principal liame com o caos comum da matéria a rolar em torno de nós. Lá estava, é verdade, um toco de cigarro em um cinzeiro de vidro, mas tinha sido deixado ali por um certo sr. McMath, agente imobiliário.

O escritório. Dali se tinha uma visão do jardim dos fundos ou parque, do céu pálido, de dois ou três olmos, não carvalhos, apesar da promessa do nome da rua. Um sofá de couro espalhado num lado da sala. Estantes densamente povoadas. A escrivaninha. Não havia quase nada nela: um lápis vermelho, uma caixa de clipes de papel — parecia taciturna e distante, mas o abajur no canto ocidental era adorável. Encontrei o interruptor e o globo opalino dissolveu-se em luz: aquela lua mágica tinha visto a mão branca de Sebastian em movimento. Agora eu estava realmente chegando a algum lugar. Peguei a chave que me tinha sido legada e destranquei as gavetas.

Em primeiro lugar, removi os dois maços de cartas nos quais Sebastian tinha anotado: a serem destruídas. Um estava dobrado de tal forma que eu não conseguia ver o que havia escrito: o papel era azul casca de ovo com uma borda azul-escura. O outro pacote consistia em uma mistura de papéis de anotação riscados em todas as direções com uma ousada caligrafia feminina. Adivinhei de quem eram. Por um louco instante, lutei com a tentação de examinar mais de perto os dois maços. Sinto dizer que venceu o homem melhor. Mas, quando as estava queimando na grelha da lareira, uma folha do azul se soltou, retorcendo-se à chama torturante, e antes que o negrume amassado tomasse conta dela, umas poucas palavras apareceram com total clareza, depois se apagaram e tudo acabou.

Afundei na poltrona e fiquei pensando uns momentos. As palavras que eu tinha visto eram russas, parte de uma frase em russo — bastante significativas em si, realmente (não que eu pudesse esperar da chama do acaso a esquiva intenção de uma trama de romancista). A tradução literal seria "tua maneira de sempre encontrar"... — e não foi o sentido que me tocou, mas o simples fato de serem na minha língua. Eu não tinha a menor pista de quem ela poderia ser, aquela mulher russa cujas cartas Sebastian tinha guardado muito próximas das cartas de Clare Bishop — e de alguma forma isso me deixava perplexo e incomodado. De minha poltrona ao lado da lareira, que estava de novo negra e fria, eu podia ver a tênue luz do abajur da escrivaninha, a brancura luminosa do papel transbordando da gaveta aberta e uma folha de papel almaço caída sozinha no tapete azul, meio na sombra, cortada em diagonal pelo limite da luz. Por um momento, pareceu-me ver um Sebastian transparente em sua mesa; ou melhor, pensei naquela passagem sobre a Roquebrune errada: talvez ele preferisse escrever na cama?

Depois de algum tempo, prossegui com o trabalho, examinando e classificando superficialmente o conteúdo das gavetas. Havia muitas cartas. Essas eu pus de lado para ler mais tarde. Recortes de jornal num livro espalhafatoso, uma impossível borboleta na capa. Não, nenhum deles era de críticas de seus livros: Sebastian era vaidoso demais para colecioná-las; assim como seu senso de humor não permitiria que ele as colasse pacientemente quando vinham a suas mãos. Mesmo assim, como eu disse, havia um álbum de recortes, todos eles relacionados (como descobri depois, examinando-os com calma) a incidentes incongruentes ou absurdos como sonhos que tinham ocorrido nos lugares e condições mais triviais. Assim como metáforas de diferentes tipos, eu percebi, eram aprovadas por ele, provavelmente por considerar que pertenciam vagamente à mesma categoria de pesadelo. Entre os documentos legais, encontrei um pedaço de papel no qual ele começara a escrever uma história — havia apenas uma frase, que parava de repente, mas que me deu a oportunidade de observar o estranho modo que — no processo de escrever — Sebastian tinha de não riscar as palavras que substituíra por outras, de forma que, por exemplo, a frase que encontrei ficasse assim: "Como ele tinha o sono Tinha o sono pesado, Roger Rogerson, o velho Rogerson comprou o velho Rogers comprou, com tanto medo Como dormia pesado, o velho Rogers tinha muito medo de perder amanhãs. Ele dormia pesado. Tinha um medo mortal de perder o acontecimento glorioso de amanhã o glorioso trem da manhã então o que fez foi comprar e levar para casa em um comprar nessa noite e levar para casa não um, mas oito despertadores de diferentes tamanhos e intensidades de toque nove oito onze despertadores de diferentes tamanhos tocando os quais despertadores sete despertadores como um gato tem sete que ele colocou que fizeram seu quarto parecer uma"

Pena que parou aí.

Moedas estrangeiras em uma caixa de chocolate: francos, marcos, xelins, coroas — e troco de cada uma. Diversas canetas-tinteiro. Uma ametista oriental, não engastada. Um elástico. Um tubo de vidro com comprimidos para dormir, colapso nervoso, nevralgia, insônia, pesadelos, dor de dentes. A dor de dentes soava bastante dúbia. Um velho caderno (1926) cheio de números mortos de telefone. Fotografias.

Achei que ia encontrar uma porção de mulheres. Vocês sabem de que tipo — sorrindo ao sol, instantâneos de verão, truques de luz continentais, sorrindo de branco na calçada, na areia ou na neve —, mas estava enganado. As duas dúzias e tanto de fotografias que despejei de um grande envelope com o lacônico sr. H. escrito em cima na caligrafia de Sebastian, todas mostravam uma e a mesma pessoa em diferentes estágios da vida: primeiro um moleque de cara redonda num terno marinheiro de corte vulgar, depois um menino feio com boné de críquete, depois um jovem de nariz achatado e assim até se chegar a uma série do sr. H. adulto — um tipo de homem buldogue bastante repulsivo, engordando constantemente em um mundo de fundos fotográficos e jardins reais. Descobri quem aquele homem devia ser quando encontrei um recorte de jornal preso a uma das fotografias:

"Autor escrevendo biografia fictícia necessita de fotos de cavalheiro, aparência eficiente, simples, confiável, abstêmio, de preferência solteiro. Pagará bem por fotos de infância, juventude, idade adulta para aparecer na obra citada."

Era um livro que Sebastian nunca escreveu, mas possivelmente ainda considerava fazê-lo no último ano de sua vida, porque a última fotografia do sr. H. parado alegremente perto de um carro novinho trazia a data "março de 1935" e Sebastian tinha morrido apenas um ano depois.

De repente, me senti cansado e miserável. Queria o rosto de sua correspondente russa. Queria fotos do próprio Sebastian. Queria muitas coisas... Depois, quando deixei meus olhos percorrerem a sala, divisei duas fotografias emolduradas nas sombras acima da estante de livros.

Levantei-me e as examinei. Uma era um instantâneo ampliado de um chinês despido até a cintura, no ato de ser vigorosamente decapitado, a outra um estudo fotográfico banal de uma criança cacheada brincando com um filhote de cachorro. O gosto daquela sobreposição me pareceu questionável, mas provavelmente Sebastian tinha suas razões para manter e pendurar as duas assim.

Olhei os livros também; eram numerosos, desarrumados, misturados. Mas uma estante era um pouco mais arrumada que o resto e ali notei a seguinte sequência, que por um momento pareceu formar uma vaga frase musical, estranhamente familiar: *Hamlet, La morte d'Arthur, A ponte de São Luís Rei, O médico e o monstro, Vento sul, A dama do cachorrinho, Madame Bovary, O homem invisível, O tempo redescoberto, Dicionário anglo-persa, The Author of Trixie, Alice no País das Maravilhas, Ulisses, About Buying a Horse, Rei Lear...*

A melodia dava um pequeno suspiro e desaparecia. Voltei à escrivaninha e comecei a organizar as cartas que eu tinha separado. Eram sobretudo cartas comerciais e senti que tinha o direito de examiná-las. Algumas não tinham nenhuma relação com o trabalho de Sebastian, outras, sim. A desordem era considerável e muitas alusões permaneciam ininteligíveis para mim. Em alguns casos, ele havia conservado cópias de suas próprias cartas, de forma que, por exemplo, consegui inteiro um saboroso diálogo entre ele e seu editor relativo a um certo livro. Depois, havia uma alma implicante na Romênia, estranhamente, alegando que tinha uma opção... Informei-me também sobre as vendas na Inglaterra e nos Domínios... Nada muito brilhante — mas em um caso ao menos perfeitamente satisfatórias. Poucas cartas de escritores amigos. Um gentil missivista, autor de um único livro famoso, ralhava com Sebastian (4 de abril de 1928) por ser *Conradish*, "conradiano", e sugeria que ele abandonasse o "con" e cultivasse o *radish*, "rabanete", em obras futuras — ideia que considerei especialmente tola.

Por fim, em último lugar na pilha, encontrei as cartas de minha mãe e as minhas, ao lado de diversas outras de um de seus amigos do tempo de faculdade; e enquanto batalhava um pouco com suas páginas (velhas cartas não gostam de ser desdobradas), de repente me dei conta de qual seria o meu próximo território de caça.

5

Os anos de faculdade de Sebastian Knight não foram particularmente felizes. Com toda certeza ele gostou de muitas coisas que encontrou em Cambridge — de fato ele ficou um tanto sufocado de início ao ver, cheirar e sentir o país que sempre desejara. Um táxi puxado a cavalo o levou da estação para o Trinity College: o veículo parecia estar ali esperando especialmente por ele, resistindo desesperadamente à extinção até aquele momento, e depois morrendo alegremente para se juntar às suíças e à borboleta Large Copper. O lodo de neve das ruas brilhava molhado no escuro enevoado, formando com seus prometidos contrapontos — uma xícara de chá forte e um fogo generoso — uma harmonia que de alguma forma ele conhecia de cor. Os toques límpidos de torres de relógio, ora pairando sobre a cidade, ora se sobrepondo e ecoando ao longe, de algum jeito estranho, profundamente familiar, se fundiam aos gritos dos vendedores de jornais. E quando ele entrou na imponente melancolia do Grande Pátio, com suas sombras de beca passando na névoa e o chapéu-coco do porteiro oscilando à sua frente, Sebastian sentiu que de alguma forma reconhecia todas as sensações, o cheiro forte e salutar da grama molhada, a antiga sonoridade das pedras sob os calcanhares, os contornos borrados das velhas paredes no alto — tudo. Essa sensação especial de entusiasmo durou provavelmente por um bom tempo, mas havia uma outra coisa misturada a ela, e, depois, predominante. Sem querer, Sebastian se deu conta, com, talvez, uma espécie de desamparada surpresa (porque ele esperava da Inglaterra mais do que ela podia lhe dar), que por mais sábia e docemente que seu novo ambiente realizasse seus velhos sonhos, ele próprio, ou, melhor, a parte mais preciosa dele mesmo, permaneceria tão desesperançosamente sozinho como sempre fora. A tônica da vida de Sebastian era a solidão e o destino mais gentil o fazia sentir-se em casa simulando admiravelmente bem as coisas que pensava que queria, quanto mais consciente ficava de sua inabilidade de se encaixar no quadro geral — em qualquer quadro geral. Quando finalmente ele entendeu isso plenamente e começou a cultivar inflexivelmente a reserva como se fosse algum raro talento ou paixão, só então foi que Sebastian se satisfez com seu rico e monstruoso crescimento, deixando de se preocupar com sua inábil incompatibilidade — mas isso foi muito depois.

Ao que parece, de início ele estava desesperadamente temeroso de não agir da maneira correta ou, pior ainda, de agir canhestramente. Alguém lhe disse que a parte dura e quadrada do capelo acadêmico tinha de ser quebrada, ou mesmo inteiramente removida, deixando apenas o pano preto mole. Assim que ele fez isso, descobriu que tinha incorrido na pior vulgaridade dos "bacharelandos", e que o bom gosto perfeito consistia em ignorar o capelo e a beca que se usavam, atribuindo-lhes assim a aparência impecável de coisas insignificantes que de outra forma adquiririam importância. Também, em qualquer tempo, chapéus e guarda-chuvas eram tabu e Sebastian religiosamente se molhava e pegava resfriados até um certo dia em que conheceu um tal D. W. Gorget, um sujeito delicioso, petulante, preguiçoso, despreocupado, famoso pela agressividade, elegância e humor: e Gorget andava tranquilamente com um chapéu mais guarda-chuva. Quinze anos depois, quando visitei Cambridge e o melhor amigo de faculdade de Sebastian (então um destacado acadêmico) me contou todas essas coisas, observei que todo mundo parecia usar... "Exatamente", disse ele, "o guarda-chuva de Gorget deu cria".

"E me diga", perguntei, "e os jogos? Sebastian era bom em jogos?".

Meu informante sorriu.

"Eu acredito", ele respondeu, "que a não ser por um pouquinho de tênis bem tranquilo em uma quadra verde e molhada com uma margarida ou duas nos piores pedaços, nem eu nem Sebastian éramos muito chegados a esse tipo de coisa. Sua raquete, eu me lembro, era incrivelmente cara, e a roupa de flanela, muito elegante, e no geral ele parecia muito arrumado, agradável e tudo; mas o saque dele era um tapa feminino e ele corria bastante para lá e para cá sem acertar nada, e como eu não era muito melhor que ele, nosso jogo consistia em pegar do chão bolas verdes e molhadas ou jogá-las de volta para os jogadores nas quadras vizinhas — tudo isso debaixo de um chuvisco constante. É, ele definitivamente era fraco nos esportes".

"E ele ficava chateado com isso?"

"Ficava, de certa forma. Na verdade, o primeiro semestre dele foi bem envenenado pela ideia de sua inferioridade nessas questões. Quando ele conheceu Gorget, foi no meu apartamento, o pobre Sebastian falou tanto de tênis que Gorget acabou perguntando se o jogo era jogado com um bastão. Isso deixou Sebastian bem tranquilo porque ele concluiu que Gorget, de quem tinha gostado desde o começo, era ruim em esportes também."

"E era?"

"Ah, bom, ele era campeão de rúgbi, mas talvez não tivesse muito interesse por tênis em piso de grama. De qualquer forma, Sebastian logo superou o complexo esportivo. E, em termos gerais..."

Ficamos sentados na penumbra daquela sala com lambris de carvalho, as poltronas tão baixas que era bem fácil alcançar as coisas do chá humildemente colocadas no tapete, e o espírito de Sebastian parecia pairar sobre nós com o tremular do fogo refletido nos punhos de latão da lareira. Meu interlocutor o conhecera tão intimamente que acho que tinha razão ao sugerir que a base da sensação de inferioridade de Sebastian estava em ele querer ser mais inglês que a Inglaterra, sem nunca conseguir isso, mas continuar tentando, até finalmente se dar conta de que não eram essas coisas externas que o seduziam, nem os maneirismos da gíria da moda, mas o simples fato de tentar ser e agir como outras pessoas quando estava tão abençoadamente condenado ao solitário confinamento de si mesmo.

No entanto, ele fizera o possível para ser o bacharelando padrão. Vestindo roupão marrom e chinelos velhos, com uma caixa de sabonete e uma esponja na sacola, ele saíra em manhãs de inverno a caminho dos Banhos, virando a esquina. Tinha tomado o desjejum no Hall, com o mingau tão cinzento e sem graça como o céu acima do Grande Pátio e a geleia de laranja exatamente da mesma cor da trepadeira nas paredes. Tinha andado com sua "bicicleta de pedal", como chamava meu informante, e com a beca jogada por cima do ombro pedalara para uma ou outra sala de aulas. Tinha almoçado no Pitt (que, pelo que entendi, era uma espécie de clube, provavelmente com gravuras de cavalos nas paredes e garçons muito velhos perguntando o eterno enigma: *thick or clear?**). Ele havia jogado *fives* (seja lá o que for isso) ou algum outro jogo tranquilo, e depois tomara chá com dois ou três amigos; a conversa oscilara entre bolo e cachimbo, evitando cuidadosamente qualquer coisa que não tivesse sido dita por outros. Podia haver uma ou duas aulas mais antes do jantar, e depois novamente o Hall, um lugar muito bonito que me foi devidamente mostrado. Estava sendo varrido naquele momento, e as gordas panturrilhas brancas de Henrique VIII pareciam capazes de sentir cócegas.

"E onde Sebastian se sentava?"

"Lá, perto da parede."

"Mas como se chega até lá? As mesas parecem ter quilômetros de comprimento."

"Ele costumava subir no banco do lado externo e passar por cima da mesa. Pisava-se num prato ou outro de vez em quando, mas era o método usual."

---

* Literalmente, "grossa ou transparente?", referindo-se à sopa, grossa, consistente com pedaços de carne e vegetais, ou transparente como um *consomé*. (N. do T.)

Então, depois do jantar, ele voltava a seu apartamento, ou talvez fosse com algum companheiro silencioso ao pequeno cinema na praça do mercado onde estariam passando um filme de faroeste ou Charlie Chaplin correndo, duro, do homem mau, derrapando na esquina da rua.

Então, depois de três ou quatro semestres desse tipo de coisas, ocorreu uma curiosa mudança em Sebastian. Ele parou de gostar do que achava que devia gostar e serenamente voltou-se para o que realmente o interessava. Externamente, essa mudança resultou em afastar-se do ritmo da vida escolar. Não encontrava ninguém, a não ser meu informante, que talvez tenha sido o único homem na vida dele com quem era perfeitamente franco e natural — era uma bela amizade e eu podia entender Sebastian pois aquele tranquilo acadêmico me parecia a melhor e mais delicada alma que se pode imaginar. Os dois estavam interessados em literatura inglesa e o amigo de Sebastian já planejava aquele seu primeiro trabalho, *As leis da imaginação literária*, que, dois ou três anos depois, lhe valeu o prêmio Montgomery.

"Devo confessar", disse ele, enquanto acariciava um gato azul macio com olhos verde-acinzentados que aparecera do nada e se acomodara em seu colo, "devo confessar que Sebastian me preocupou bastante nessa fase específica da nossa amizade. Quando não o via na sala de aula, eu ia até seu apartamento e o encontrava ainda na cama, encolhido como uma criança dormindo, mas fumando melancolicamente, com cinza de cigarro por todo o travesseiro amassado e manchas de tinta na folha de papel jogada no chão. Ele respondia a meu enérgico cumprimento com um grunhido, sem nem se dignar a mudar de posição, de forma que depois de ficar ali um pouco e me tranquilizar de que ele não estava doente, eu ia almoçar, e depois voltava ao quarto dele outra vez, para encontrá-lo deitado do outro lado, usando um chinelo como cinzeiro. Eu sugeria trazer alguma coisa para ele comer, porque seu armário estava sempre vazio, e então, quando trazia uma penca de bananas, ele se alegrava como um macaco e imediatamente começava a me amolar com uma série de declarações obscuramente imorais, relativas a Vida, Morte ou Deus, que ele adorava fazer porque sabia que me incomodavam, embora eu nunca tenha acreditado que estivesse falando sério.

"Finalmente, por volta de três ou quatro da tarde, ele vestia o roupão e ia arrastando os pés para a sala onde, incomodado, eu o deixava encolhido junto ao fogo, coçando a cabeça. E no dia seguinte, eu mergulhado em meus estudos, ouvia de repente passos fortes na escada e Sebastian irrompia na sala, limpo, viçoso e animado, com o poema que tinha acabado de escrever."

Tudo isso, acredito, é muito próximo da realidade, e um pequeno detalhe me parece especialmente patético. Parece que o inglês de Sebastian, embora fluente e idiomático, era decididamente o inglês de um estrangeiro. Seus "r", no começo da palavra, rolavam e raspavam, ele cometia erros estranhos, dizendo, por exemplo, *I have seized a cold*, "agarrei um resfriado", ou *that fellow is sympathetic*, "aquele sujeito é solidário" — querendo dizer apenas que era um bom sujeito. Ele deslocava a sílaba tônica em palavras como *interesting* ou *laboratory*. Pronunciava errado nomes como Sócrates ou Desdêmona. Uma vez corrigido, nunca repetia o erro, mas o simples fato de não ter bem certeza de certas palavras o incomodava enormemente e ele costumava ficar muito vermelho quando, devido a uma ocasional falha verbal, alguma expressão sua pudesse não ser inteiramente entendida por um ouvinte obtuso. Naquela época, ele escrevia bem melhor do que falava, mas ainda havia alguma coisa vagamente não inglesa em seus poemas. Nenhum deles chegou a mim. Verdade, seu amigo achava que talvez um ou dois...

Ele pôs o gato no chão e remexeu durante um momento os papéis de uma gaveta, mas não conseguiu encontrar nada. "Talvez em algum baú na casa de minha irmã", disse, vagamente, "mas não tenho nem certeza se... Coisas pequenas como essas são as queridas do esquecimento, e além disso sei que Sebastian teria aplaudido essa perda".

"A propósito", eu disse, "o passado que você lembra parece desanimadoramente úmido em termos meteorológicos. Tão desanimador, de fato, como o tempo de hoje (era um dia desolado de fevereiro). Me diga, nunca fazia sol e calor? Não é o próprio Sebastian que em algum lugar se refere às 'róseas velas de grande árvores de carvalho' à margem de algum belo riozinho?".

Sim, eu estava certo, a primavera e o verão efetivamente ocorriam em Cambridge quase todo ano (aquele misterioso "quase" era singularmente agradável). Sim, Sebastian gostava bastante de deitar-se ociosamente num barco no Cam. Mas o que ele gostava acima de tudo era de andar de bicicleta ao entardecer por certos caminhos que circundavam campos. Lá, ele se sentava numa cerca olhando as desfiadas nuvens rosa-salmão se transformarem em cobre fosco no pálido céu do anoitecer e pensava sobre as coisas. Que coisas? Aquela moça *cockney* com o cabelo macio ainda trançado com quem ele um dia encontrou no *common*, e que abordou e beijou, e nunca mais viu? A forma de uma nuvem peculiar? Algum enevoado pôr do sol acima de uma negra floresta de pinheiros russa (ah, o que eu não daria para que ele lembrasse disso!)? O significado interno de folha de grama e estrela? A linguagem desconhecida do silêncio? O peso terrível de uma gota de orvalho? A beleza dilacerante de um seixo entre milhões e milhões de seixos, tudo fazendo sentido, mas qual sentido? A questão muito, muito antiga de Quem é você? para si mesmo, sentindo-se estranhamente evasivo no crepúsculo, e para o mundo de Deus em torno, ao qual nunca se foi realmente apresentado. Ou talvez estejamos mais perto da verdade supondo que enquanto Sebastian ficava sentado naquela cerca, sua cabeça estava num torvelinho de palavras e caprichos, caprichos incompletos e palavras insuficientes, mas já sabia ele que aquilo e só aquilo era a realidade de sua vida, e que seu destino estava além daquele campo de batalha fantasmagórico que ele atravessaria em seu devido tempo.

"Se eu gostava dos livros dele? Ah, enormemente. Não estive muito com ele depois que foi embora de Cambridge e ele nunca me mandava nenhum dos seus trabalhos. Escritores, você sabe, são esquecidos. Mas, um dia, tirei três livros dele da biblioteca e li em três noites. Eu sempre tive certeza de que ele ia produzir alguma coisa boa, mas nunca esperei que fosse tão boa como aquilo. No último ano dele aqui... não sei o que tem essa gata, de repente, parece que ela não sabe o que é leite."

Em seu último ano de Cambridge, Sebastian trabalhou muito; sua disciplina, literatura inglesa, era vasta e complexa; mas esse mesmo período foi marcado por súbitas viagens a Londres, geralmente sem licença das autoridades. Seu tutor, o falecido sr. Jefferson, tinha sido, descobri, um velho cavalheiro intensamente chato, mas bom linguista, que insistia em considerar Sebastian como russo. Em outras palavras, ele levou Sebastian a um limite de exasperação ao lhe contar todas as palavras russas que conhecia, um saco cheio delas, colecionadas numa viagem a Moscou um ano antes, e pedindo que ele lhe ensinasse mais algumas. Um dia, por fim, Sebastian deixou escapar que devia haver algum engano, que ele não tinha nascido realmente na Rússia, mas em Sófia. Diante disso, o deliciado velho começou imediatamente a falar búlgaro. Sebastian respondeu, sem jeito, que aquele não era o dialeto especial que conhecia e quando desafiado a fornecer um exemplo, inventou um novo idioma na hora, o que intrigou grandemente o velho linguista até ele se dar conta de que Sebastian...

"Bom, acho que você agora me esgotou", disse meu informante com um sorriso. "Minhas reminiscências estão ficando mais rasas e mais tolas, e não acho que valha a pena nem acrescentar que Sebastian se formou em primeiro lugar e que tiramos uma fotografia em plena glória, que vou tentar encontrar algum dia e mandar para você, se quiser. Tem mesmo de ir embora já? Gostaria de ver o Backs? Venha fazer uma visita aos crocos, Sebastian dizia que eram 'os cogumelos do poeta', se entende o que ele queria dizer."

Mas estava chovendo muito forte. Ficamos um ou dois minutos debaixo da varanda e eu disse que achava melhor ir embora.

"Ah, olhe aqui", disse o amigo de Sebastian quando eu ia saindo, escolhendo onde pisar entre as poças. "Esqueci completamente de falar disso. O professor me contou anteontem que alguém escreveu para ele perguntando se Sebastian Knight tinha mesmo sido aluno da Trinity. Ora, como era o nome do sujeito? Ah, droga... Minha memória encolheu com a lavagem. Bom, mas nós lhe demos uma boa limpada, não demos? De qualquer forma, o que entendi foi que alguém estava colhendo informações para um livro sobre Sebastian Knight. Engraçado, você parece não ter..."

"Sebastian Knight?", perguntou uma súbita voz na névoa. "Quem está falando de Sebastian Knight?"

6

O estranho que pronunciou essas palavras se aproximou então... Ah, como eu às vezes gostaria do ritmo fácil de um romance bem azeitado! Que confortável seria se aquela voz pertencesse a algum alegre senhor de idade com orelhas compridas e peludas e aquela dobra sobre os olhos que é sinal de sabedoria e humor... Um personagem conveniente, um bem-vindo transeunte que também tivesse conhecido meu herói, mas por um ângulo diferente. "E agora", ele diria, "vou contar para você a verdadeira história dos anos de faculdade de Sebastian Knight". E ali mesmo partiria para essa história. Mas, que pena, nada desse tipo aconteceu de fato. Aquela Voz da Névoa ressoou no corredor mais escuro de minha mente. Não era senão o eco de alguma possível verdade, um lembrete oportuno: não tenha tanta certeza de descobrir o passado nos lábios do presente. Cuidado com o mais honesto corretor. Lembre-se de que o que lhe contam realmente tem três aspectos: moldado pelo narrador, remodelado pelo ouvinte, escondido de ambos pelo morto da história. Quem está falando de Sebastian Knight?, repete a voz em minha consciência. Quem de fato? Seu melhor amigo e seu meio-irmão. Um delicado acadêmico, afastado da vida, e um envergonhado viajante em visita a uma terra longínqua. E onde está essa terceira figura? Apodrecendo tranquilamente no cemitério de St. Damier. Risonhamente vivo em cinco volumes. Espiando sem ser visto por cima de meu ombro enquanto escrevo isto (embora eu ouse dizer que ele desconfiava com muita força do lugar-comum da eternidade para acreditar mesmo agora em seu próprio fantasma).

De qualquer forma, ali estava eu com a recompensa que a amizade podia prover. Some-se a isso alguns fatos casuais mencionados nas cartas muito breves de Sebastian nesse período e as ocasionais referências à vida na universidade espalhadas em seus livros. Então voltei a Londres, onde tinha planejado com cuidado meu próximo passo.

Em nosso último encontro, Sebastian mencionou por acaso uma espécie de secretário que ele empregara de quando em quando entre 1930 e 1934. Como muitos escritores do passado, e uns poucos do presente (ou talvez simplesmente não saibamos daqueles que não conseguem conduzir seus negócios de maneira sólida e impositiva), Sebastian era ridiculamente incompetente em questões de negócios e, tendo encontrado uma vez um conselheiro (que incidentalmente podia ser um aproveitador ou um idiota — ou ambos), a ele se entregou inteiramente com o maior alívio. Se eu tivesse por acaso inquirido se ele tinha plena certeza de que o Fulano agora encarregado de seus negócios não era um velho malandro intrometido, ele certamente teria mudado de assunto bem depressa, tanto temia que descobrir a desonestidade do outro pudesse colocar sua preguiça em ação à força. Em uma palavra, ele preferia o pior assistente do que nenhum assistente, e convencia a si mesmo e aos outros de que estava absolutamente contente com sua escolha. Isso dito, o que eu gostaria de frisar o mais definitivamente possível é o fato de nenhuma de minhas palavras ser, de um ponto de vista legal, caluniosas, e que o nome que estou a ponto de mencionar *não* apareceu neste parágrafo específico.

Ora, o que eu queria do sr. Goodman não era tanto um relato dos últimos anos de Sebastian — disso eu ainda não precisava — (pois tencionava acompanhar sua vida estágio por estágio sem passar à frente dele), mas simplesmente obter algumas sugestões quanto a quem eu deveria procurar que pudesse saber alguma coisa do período pós-Cambridge de Sebastian.

Então, no dia primeiro de março de 1936, procurei o sr. Goodman em seu escritório na Fleet Street. Mas antes de descrever nossa entrevista permitam-me fazer uma breve digressão.

Entre as cartas de Sebastian eu encontrei, como já disse antes, alguma correspondência entre ele e seu editor tratando de um certo romance. Parece que no primeiro livro de Sebastian (1925), *O bisel prismático*, um dos aspectos menores é um esquete extremamente cômico e cruel sobre certo autor vivo que Sebastian achou necessário punir. Naturalmente, o editor entendeu imediatamente, e esse fato o deixou tão incomodado que ele aconselhou Sebastian a modificar toda a passagem, coisa que Sebastian se recusou terminantemente a fazer, dizendo afinal que editaria o livro em outro lugar — e foi o que acabou fazendo.

"Você parece se perguntar", ele escreveu em uma carta, "por que cargas-d'água eu, um autor florescente (como você diz — mas é um termo mal aplicado porque um autêntico autor florescente permanece florescente toda a sua vida; outros, como eu, irrompem em flores de uma vez), você parece se perguntar, repito (o que não quer dizer que esteja me desculpando por esses parênteses proustianos), por que diabos eu deveria pegar um lindo contemporâneo de porcelana azul (X. lembra isso, não?, uma daquelas coisas baratas de louça que nas feiras nos tentam a uma orgia de ruidosa destruição) e deixar cair da torre do meu texto para o esgoto lá embaixo. Você me diz que ele é muito estimado; que suas vendas na Alemanha são quase tão tremendas como as vendas dele aqui; que um velho conto dele acaba de ser selecionado para *Obras-primas modernas*; que ao lado de Y. e Z. ele é considerado um dos escritores mais importantes da geração 'pós-guerra'; e que, *last but not least*, ele é perigoso como crítico. Você parece insinuar que nós todos deveríamos guardar o sombrio segredo de seu sucesso, que é viajar de segunda classe com um bilhete de terceira classe — ou, se minha imagem não é suficientemente clara —, atender ao gosto da pior categoria de público leitor — não os que se deleitam com histórias de detetives, benditas sejam suas almas puras — mas aqueles que compram as piores banalidades porque foram preparadas de certo jeito moderno com um toque de Freud ou de 'fluxo de consciência' ou sei lá o que mais — e, incidentalmente, nunca vão entender que os belos cínicos de hoje são as sobrinhas de Marie Corelli e os sobrinhos da sra. Grundy.

Por que deveríamos guardar o vergonhoso segredo? O que é esse maçônico vínculo de trivialidade — ou, de fato, de trivialismo? Abaixo esses deuses inferiores! E você prossegue me dizendo que minha 'carreira literária' ficará lamentavelmente comprometida já de início devido a meu ataque a um escritor influente e estimado. Mas mesmo que existisse uma coisa como uma 'carreira literária' e eu fosse desqualificado meramente por trilhar meu próprio rumo, eu ainda recusaria mudar uma única palavra do que escrevi. Porque, acredite, nenhum castigo iminente pode ser violento a ponto de me fazer abandonar a busca de meu prazer, principalmente quando esse prazer é o firme e jovem seio da verdade. Existem de fato poucas coisas na vida comparáveis ao prazer da sátira, e quando imagino a cara do cabotino quando ler (e ele lerá) essa passagem específica e entender como nós entendemos que aquilo é a verdade, então o prazer atingirá seu mais doce clímax. Permita-me acrescentar que se reproduzi fielmente não só o mundo interno de X. (que não é nada mais que uma estação de metrô durante a hora do rush), mas também seus truques de fala e comportamento, nego enfaticamente que ele ou qualquer outro leitor possa discernir o menor traço de vulgaridade na passagem que causa tamanho alarme em você. Portanto, não deixe que isto o assombre muito mais. Lembre-se também que eu assumo total responsabilidade, moral e comercial, no caso de você realmente 'ter problemas' com meu inocente volumezinho".

 Minha intenção ao citar essa carta (além do seu próprio valor como mostra de Sebastian nesse clima juvenil brilhante que depois permanecerá como um arco-íris na tormentosa melancolia de seus contos mais sombrios) é esclarecer uma questão bastante delicada. Dentro de um ou dois minutos, o sr. Goodman vai aparecer em carne e osso. O leitor já sabe como eu desaprovo inteiramente o livro desse senhor. Porém, na época de nosso primeiro (e último) encontro, eu não sabia nada sobre seu trabalho (na medida em que uma compilação rápida possa ser chamada de trabalho). Entrei em contato com o sr. Goodman de peito aberto; não está mais aberto agora, e como é natural isso fatalmente influencia minha descrição. Ao mesmo tempo não entendo muito bem como posso discutir minha visita a ele sem mencionar, mesmo tão discretamente como no caso do amigo de faculdade de Sebastian, a maneira do sr. Goodman, se não a sua aparência. Serei capaz de parar nisso? Será que o rosto do sr. Goodman não vai surgir de repente para justificado incômodo do proprietário quando ler estas linhas? Estudei a carta de Sebastian e cheguei à conclusão de que aquilo que Sebastian Knight se permitia em relação ao sr. X. me é negado em relação ao sr. Goodman. A franqueza do gênio de Sebastian não pode ser minha e eu só conseguiria ser rude no lugar onde ele teria sido brilhante. De forma que estou pisando em ovos e tenho de pisar com todo o cuidado quando entro no escritório do sr. Goodman.

"Por favor, sente-se", ele disse, cortês, apontando uma poltrona de couro junto a sua mesa. Estava notavelmente bem-vestido embora decididamente com um gosto urbano. Uma máscara negra cobria seu rosto. "Como posso ser útil?" Ele continuou olhando para mim através dos buracos dos olhos e com meu cartão de visitas ainda na mão.

De repente, me dei conta de que meu nome não queria dizer nada para ele. Sebastian tinha assumido muito completamente o nome da mãe.

"Eu sou", respondi, "meio-irmão de Sebastian Knight". Houve um breve silêncio.

"Deixe-me ver", disse o sr. Goodman, "devo concluir que está se referindo ao falecido Sebastian Knight, o conhecido escritor?".

"Exatamente", respondi.

O sr. Goodman esfregou o rosto com o indicador e o polegar... quero dizer, o rosto debaixo da máscara... esfregou para baixo, para baixo... refletindo.

"O senhor me desculpe", disse ele, "mas tem certeza de que não se trata de algum engano?".

"Nenhum engano", repliquei, e com o mínimo de palavras possível, expliquei minha relação com Sebastian.

"Ah, é mesmo?", disse o sr. Goodman mais e mais pensativo. "Realmente, realmente, nunca havia me ocorrido. Eu certamente sabia muito bem que Knight era nascido e criado na Rússia. Mas de alguma forma não atentei à questão de seu nome. É, agora entendo... É, deveria ser um nome russo... A mãe dele..."

Durante um minuto, o sr. Goodman ficou batucando com seus delicados dedos brancos sobre o forro de mata-borrão da mesa e por fim suspirou.

"Bom, o que está feito está feito", observou. "Tarde demais agora para acrescentar que... quer dizer", continuou, apressadamente, "que sinto muito não ter abordado essa questão antes. Então o senhor é meio-irmão dele? Bom, estou encantado em conhecê-lo".

"Em primeiro lugar", eu disse, "gostaria de acertar a parte dos negócios. Os papéis do sr. Knight, pelo menos os que se referem a suas ocupações literárias, não estão muito organizados e não sei exatamente em que pé estão as coisas. Ainda não procurei as editoras dele, mas sei que pelo menos uma, a empresa que lançou *A montanha engraçada*, não existe mais. Antes de dar prosseguimento a esse acerto, achei melhor ter uma conversa com o senhor".

"Está certo", disse o sr. Goodman. "Efetivamente, o senhor talvez não esteja informado de que tenho participação em dois livros de Knight: *A montanha engraçada* e *Propriedade perdida*. Nas atuais circunstâncias, o melhor seria eu fornecer ao senhor alguns detalhes que posso enviar por carta amanhã de manhã, assim como uma cópia de meu contrato com o sr. Knight. Ou devo dizer o senhor..." e, sorrindo por baixo da máscara, o sr. Goodman tentou pronunciar nosso simples nome russo.

"Depois, há um outro assunto", continuei. "Resolvi escrever um livro sobre a vida e obra dele e preciso muito de certas informações. O senhor poderia talvez..."

Pareceu-me que o sr. Goodman enrijeceu. Ele então tossiu uma ou duas vezes e chegou mesmo a pegar uma pastilha de groselha preta de uma caixinha que estava sobre sua mesa de aspecto distinto.

"Meu caro senhor", ele disse, girando de repente com a cadeira e rodando os óculos em seu cordão. "Vamos falar francamente. Eu decerto conheci o pobre Knight melhor que qualquer outra pessoa, mas... olhe aqui, já começou a escrever esse livro?"

"Não", respondi.

"Então não comece. Deve me perdoar tamanha franqueza. É um velho hábito — mau hábito talvez. O senhor não se importa, não é? Bom, o que eu quero dizer é que... como posso dizer?... Sabe, Sebastian Knight não era o que se possa chamar de um grande escritor... Ah, sim, eu sei — um bom artista e tudo —, mas sem nenhuma atração para o grande público. Não quero dizer que não se possa escrever um livro sobre ele. Pode-se, sim. Mas teria de ser escrito de um ponto de vista especial que tornasse o assunto fascinante. Senão está fadado a ser enfadonho porque, sabe, não creio de fato que a fama de Sebastian Knight seja suficientemente grande para sustentar qualquer coisa como o trabalho que o senhor está pensando fazer."

Eu fiquei tão perplexo com essa explosão que mantive silêncio. E o sr. Goodman continuou:

"Espero que minha franqueza não ofenda o senhor. Seu irmão e eu éramos tão bons amigos que o senhor entende como eu me sinto a respeito. Melhor não, meu caro senhor, melhor não. Deixe isso para algum profissional, para alguém que conheça o mercado editorial — e ele lhe dirá que qualquer pessoa que tente completar um estudo exaustivo da vida e obra de Knight, como o senhor disse, estaria perdendo o próprio tempo e o tempo do leitor. Ora, até mesmo o livro de Fulano de Tal sobre o falecido... [foi mencionado um nome famoso], com todas aquelas fotografias e fac-símiles, não vendeu."

Agradeci o conselho do sr. Goodman e peguei meu chapéu. Senti que ele se mostrara um fracasso e que eu tinha seguido uma pista falsa. De uma forma ou de outra, não me dei o trabalho de pedir que ele contasse coisas sobre a época em que ele e Sebastian tinham sido "tão bons amigos". Me pergunto agora qual teria sido a resposta dele se eu implorasse que me contasse a história de seu trabalho como secretário. Depois de apertar minha mão com toda cordialidade, ele devolveu a máscara negra que guardei no bolso, achando que poderia ser útil em alguma outra ocasião. Ele me acompanhou até a porta de vidro mais próxima e ali nos separamos. Quando eu estava para descer a escada, uma moça de aspecto vigoroso, que eu havia notado datilografando em uma das salas, veio correndo atrás de mim e me deteve (estranho... que o amigo de Sebastian em Cambridge também tivesse me chamado de volta).

"Meu nome", disse ela, "é Helen Pratt. Ouvi o quanto suportei da sua conversa e tem uma coisinha que eu queria perguntar para o senhor. Clare Bishop é uma grande amiga minha. Tem uma coisa que ela quer descobrir. Eu poderia conversar com o senhor um dia desses?".

Eu disse que sim, absolutamente, e marcamos um encontro.

"Eu conheci o sr. Knight bastante bem", ela acrescentou, olhando para mim com olhos redondos e brilhantes.

"Ah, é mesmo?", perguntei, sem saber o que mais dizer.

"É, sim", ela prosseguiu, "ele tinha uma personalidade incrível e não me importo em dizer para o senhor que detestei o livro de Goodman sobre ele".

"Como assim?", perguntei. "Que livro?"

"Ah, esse que ele acabou de escrever. Eu revisei as provas com ele semana passada. Bom, tenho de correr. Muito obrigada."

Ela saiu depressa e eu muito vagarosamente desci a escada. A cara grande e rosada do sr. Goodman era, e é, incrivelmente parecida com uma teta de vaca.

7

O livro do sr. Goodman, *A tragédia de Sebastian Knight*, obteve muito boa cobertura na imprensa. Foi extensamente comentado nos principais diários e semanários. Foi chamado de "impressionante e convincente". Atribui-se ao autor "profundo insight" do personagem "essencialmente moderno". Foram citadas passagens para demonstrar a eficácia de sua síntese. Um crítico chegou ao ponto de tirar o chapéu para o sr. Goodman — o qual, diga-se de passagem, tinha usado o próprio chapéu apenas para esconder as orelhas. Em resumo, o sr. Goodman recebeu palmadinhas nas costas quando devia ter recebido a palmatória.

Eu, por exemplo, teria ignorado inteiramente o livro se fosse apenas mais um livro ruim, condenado com o resto de sua categoria ao esquecimento na próxima primavera. A Biblioteca Leteia, com todos os seus incalculáveis volumes, está, sei bem, tristemente incompleta sem o esforço do sr. Goodman. Mas, por pior que seja o livro, ele é mais alguma coisa. Devido à qualidade de seu personagem, ele está fadado a se tornar de modo bastante mecânico o satélite da fama duradoura de um outro homem. Enquanto o nome de Sebastian Knight for lembrado, haverá sempre algum pesquisador erudito subindo ciosamente uma escada até onde *A tragédia de Sebastian Knight* se mantém semidesperta entre *Queda do homem*, de Godfrey Goodman, e *Memórias de uma vida*, de Samuel Goodrich. Portanto, se continuo a insistir no assunto, o faço em favor de Sebastian Knight.

O método do sr. Goodman é tão simplório como sua filosofia. Seu único objetivo é mostrar o "pobre Knight" como produto e vítima do que chama de "nosso tempo" — embora o por quê de algumas pessoas tanto apreciarem fazer os outros partilharem seus conceitos cronométricos sempre tenha sido um mistério para mim. "Inquietação Pós-Guerra", "Geração Pós-Guerra" são para o sr. Goodman palavras mágicas que abrem todas as portas. Existe, porém, um certo tipo de "abre-te sésamo" que parece menos encantamento e mais uma gazua, e esse, sinto dizer, é o tipo do sr. Goodman. Mas ele está inteiramente errado em pensar que descobriu alguma coisa uma vez forçada a fechadura. Não que eu queira sugerir que o sr. Goodman *pense*. Ele não conseguiria, nem que tentasse. O livro dele se ocupa apenas com ideias que provaram (comercialmente) atrair mentes medíocres.

Para o sr. Goodman, o jovem Sebastian Knight "recém-saído da crisálida de Cambridge" é um jovem de aguda sensibilidade em um mundo frio e cruel. Nesse mundo, "a realidade exterior interfere tão duramente com os sonhos mais íntimos de alguém" que a alma de um jovem é levada a um estado de sítio antes de ser finalmente despedaçada. "A guerra", diz o sr. Goodman, sem nem ficar vermelho, "mudou a face do universo". E com muito prazer ele prossegue descrevendo os aspectos especiais da vida do pós-guerra que estavam à espera de um jovem no "perturbado alvorecer de sua carreira": uma sensação de alguma grande decepção; cansaço da alma e febril excitação física (tal como "a enfadonha lascívia do foxtrote"); uma sensação de futilidade — e seu resultado: grosseira liberdade. Crueldade também; o mau cheiro do sangue ainda no ar; cinemas berrantes, casais escusos no escuro Hyde Park; as glórias da padronização; o culto à máquina; a degradação da Beleza, do Amor, da Honra, da Arte... e assim por diante. É realmente incrível que o sr. Goodman, que, pelo que sei, é coetâneo de Sebastian, tenha conseguido sobreviver a esses anos terríveis.

Mas o que o sr. Goodman conseguia suportar, o seu Sebastian Knight aparentemente não conseguia. Ele nos pinta um retrato de Sebastian andando inquieto pelas salas de seu apartamento em Londres em 1923, depois de uma breve viagem ao Continente, Continente que "o chocou indescritivelmente pelo encanto vulgar de seus antros de jogos". Sim, "andando de um lado para outro... apertando as têmporas... num arrebatamento de insatisfação... furioso com o mundo... sozinho... ansioso por fazer alguma coisa, mas fraco, fraco...". As reticências não são *tremolos* do sr. Goodman, mas indicam frases que gentilmente deixei de fora. "Não", prossegue o sr. Goodman, "não era o mundo para um artista viver. Tudo bem mostrar um rosto valente, fazer grande demonstração daquele cinismo que tanto irrita na obra primeira de Knight e tanto machuca em seus últimos dois volumes... tudo muito bem aparentar desprezo e ultrassofisticação, mas o espinho lá está, o cortante e venenoso espinho". Não sei por quê, mas a presença desse espinho (perfeitamente mítico) parece dar ao sr. Goodman uma soturna satisfação.

Seria injusto de minha parte se eu deixasse de notar que seu primeiro capítulo de *A tragédia de Sebastian Knight* consiste exclusivamente em um denso fluxo de melaço filosófico. Descrições verbais e anedotas que formam o corpo do livro (isto é, quando o sr. Goodman chega ao estágio da vida de Sebastian em que o conheceu pessoalmente) aparecem aqui também como grumos pontuando o melaço. O sr. Goodman não era nenhum Boswell; mesmo assim, sem dúvida, ele mantinha um livro de anotações onde registrava certas observações de seu empregador — e ao que parece algumas referentes ao passado de seu empregador. Em outras palavras, devemos imaginar que Sebastian no meio do trabalho dizia: Sabe, meu querido Goodman, isso me lembra de um dia na minha vida, alguns anos atrás, em que... Aqui entraria a história. Meia dúzia dessas parecem suficientes para o sr. Goodman preencher o que é um vazio para ele — a juventude de Sebastian na Inglaterra.

A primeira dessas histórias (que o sr. Goodman considera extremamente típica da "vida do universitário do pós-guerra") pinta Sebastian mostrando a uma namorada de Londres as atrações de Cambridge. "E esta é a janela do reitor", diz ele; então, com uma pedra, quebra o vidro e acrescenta: "E esse é o reitor."

Nem é preciso dizer que Sebastian estava pegando no pé do sr. Goodman: a história é mais velha que a própria universidade.

Observemos a segunda. Durante uma breve viagem de férias à Alemanha (1921? 1922?) Sebastian, uma noite, incomodado com os miados na rua, começou a atacar os barulhentos com uma miscelânea de objetos, inclusive um ovo. Depois, um policial bateu na porta, devolvendo todos esses objetos, menos o ovo.

Isso é de um livro de Jerome K. Jerome bastante velho (ou, como diria o sr. Goodman, "pré-guerra"). Pegando no pé novamente.

Terceira história: Sebastian, falando de seu primeiro romance (inédito e destruído), explicou que era sobre um jovem estudante gordo que volta para casa e encontra a mãe casada com o tio; esse tio, um especialista em audição, havia assassinado o pai do estudante.

O sr. Goodman não percebe a piada.

Quarta: no verão de 1922, Sebastian sobrecarregou-se e, sofrendo de alucinações, costumava ver uma espécie de fantasma óptico — um monge de hábito preto se deslocando depressa no céu em sua direção.

Essa é um pouco mais difícil: um conto de Tchekhov.

Quinta:

Mas acho melhor parar, senão o sr. Goodman corre o risco de virar um centípede. Façamos com que permaneça um quadrúpede. Sinto por ele, mas não posso fazer nada a respeito. E se ele ao menos não tivesse escrito e comentado esses "curiosos incidentes e caprichos" tão enfadonhamente, com tamanha riqueza de deduções! O rude, caprichoso, louco Sebastian batalhando em um mundo perverso de *Juggernauts*, aeronautas, nadas e não-dás... Bem, bem, pode haver alguma coisa nisso tudo.

Quero ser cientificamente preciso. Eu detestaria deixar escapar a menor partícula de verdade apenas porque a certo ponto de minha busca fiquei cegamente enfurecido por uma desprezível fabricação... Quem está falando de Sebastian Knight? Seu antigo secretário. Eram amigos? Não — como veremos adiante. Há algo de real ou possível no contraste entre um frágil e empenhado

Sebastian e um mundo perverso e cansado? Absolutamente nada. Havia talvez algum outro tipo de fenda, brecha, fissura? Havia.

Basta olhar as primeiras trinta e poucas páginas de *Propriedade perdida* para ver com que tranquilidade o sr. Goodman (que, incidentalmente, nunca cita nada que possa entrar em choque com a ideia principal de seu livro falacioso) se equivoca quanto à atitude interna de Sebastian em relação ao mundo exterior. A época para Sebastian nunca era 1914, 1920 ou 1936 — era sempre o ano 1. Manchetes de jornal, teorias políticas, ideias da moda não significavam para ele mais do que a loquaz informação impressa (em três línguas, com erros em pelo menos duas) na embalagem de algum sabonete ou pasta de dentes. A espuma podia ser grossa e a informação convincente — mas não passava disso. Ele era capaz de entender perfeitamente bem que pensadores sensíveis e inteligentes não fossem capazes de dormir por causa de um terremoto na China; mas, sendo o que era, não conseguia entender por que essas mesmas pessoas não sentiam exatamente os mesmos espasmos de dolorida rebelião ao pensar em alguma calamidade similar ocorrida tantos anos atrás quanto os quilômetros de distância até a China. Tempo e espaço eram para ele medidas da mesma eternidade, de forma que a simples ideia de reagir de algum jeito especialmente "moderno" ao que o sr. Goodman chama de "atmosfera da Europa no pós-guerra" é inteiramente ridícula. Ele ficava intermitentemente feliz e incomodado no mundo a que chegara, como um viajante pode ficar animado com visões de sua viagem e quase simultaneamente enjoado. Em qualquer era que Sebastian tivesse nascido, ele ficaria igualmente divertido e infeliz, alegre e apreensivo, como uma criança numa pantomima de vez em quando pensa no dentista de amanhã. E a razão de seu desconforto não era que ele fosse moral numa era imoral, ou imoral numa era moral, nem era a sensação paralisante de sua juventude não florir com a naturalidade suficiente num mundo que era uma sucessão muito rápida de funerais e fogos de artifício; era simplesmente a sua consciência de que o ritmo de seu ser interior era tão mais rico do que o de outras almas. Mesmo então, bem no final de seu período em Cambridge, e talvez antes também, ele sabia que seu menor pensamento ou sensação tinha sempre pelo menos uma dimensão a mais do que os de seus vizinhos. Ele podia ter se vangloriado disso se houvesse qualquer coisa melodramática em sua natureza. Como não havia, só lhe restava sentir a estranheza de ser um cristal entre vidros, uma esfera entre círculos (mas tudo isso não era nada comparado ao que ele experimentou ao finalmente mergulhar em sua tarefa literária).

"Eu era", escreve Sebastian em *Propriedade perdida*, "tão tímido que sempre conseguia de alguma forma cometer o erro que estava mais ansioso para evitar. Em minha desastrosa tentativa de combinar com a cor do ambiente, eu podia ser comparado a um camaleão daltônico. Minha timidez teria sido mais fácil de suportar — para mim e para os outros — se fosse do tipo normal de suor e espinhas; muitos rapazes passam por esse estágio e ninguém realmente se importa. Mas comigo ela assumiu uma mórbida forma secreta que não tinha nada a ver com os espasmos da puberdade. Entre as mais contundentes invenções da casa de torturas há uma que consiste em impedir o sono do prisioneiro. A maior parte das pessoas passa o dia com esta ou aquela parte da mente num feliz estado de sonolência: um homem que está com fome comendo um filé está interessado em comida e não, digamos, na lembrança de um sonho com anjos usando cartolas que ele teve por acaso sete anos atrás; mas no meu caso todas as venezianas, tampas e portas da mente se abriam de uma vez a todas as horas do dia. A maior parte dos cérebros tem domingos, o meu se recusava até a um meio expediente. Esse estado de constante alerta era extremamente doloroso não apenas em si, mas em seus resultados diretos. Todo ato comum que eu obrigatoriamente tinha de cumprir assumia uma aparência complicada, provocava uma multidão de ideias associativas na minha cabeça, e essas associações eram tão esquivas e obscuras, tão absolutamente inúteis para aplicação prática, que eu ou escapava da questão em pauta ou a transformava numa confusão por mero nervosismo. Quando uma manhã fui ver o editor de uma revista que, pensei, podia publicar alguns dos meus poemas de Cambridge, um gaguejo particular dele, misturado a certa combinação de ângulos no padrão de telhados e chaminés, todos ligeiramente distorcidos devido a um defeito no vidro da janela — isso e um estranho cheiro de mofo na sala (de rosas apodrecendo num cesto de papel?) — lançaram meus pensamentos em voos tão longos e intrincados que em vez de falar o que eu queria, de repente comecei a contar àquele homem que via pela primeira vez os planos literários de um amigo comum que, lembrei-me tarde demais, tinha me pedido para manter em segredo...

"... Conhecendo como eu conhecia as perigosas divagações de minha consciência, eu tinha medo de encontrar pessoas, de ferir seus sentimentos ou me tornar ridículo aos seus olhos. Mas essa mesma qualidade ou defeito que tanto me atormentava, quando confrontada com o que é chamado de lado prático da vida (embora, cá entre nós, escrituração e comércio de livros pareçam singularmente irreais à luz das estrelas), se tornou um instrumento de refinado prazer sempre que eu me retirava à minha solidão. Eu estava profundamente apaixonado pelo país que era meu lar (até onde a minha natureza permitia a ideia de lar); tinha meus momentos de Kipling e meus momentos de Rupert Brooke, e meus momentos de Housman. O cachorro cego perto da Harrods ou o giz colorido de um artista da calçada; folhas marrons numa cavalgada pela New Forest ou uma banheira de lata pendurada do lado de fora na parede de tijolo preto de um cortiço; uma imagem na revista *Punch* ou uma passagem floreada de Hamlet, tudo contribuía para formar uma harmonia definitiva em que eu também tinha a sombra de um lugar. Minha lembrança da Londres de minha juventude é uma lembrança de intermináveis caminhadas vagas, de uma janela tonta de sol de repente perfurando a névoa azul da manhã ou dos belos fios negros com gotas de chuva correndo suspensas ao longo deles. Eu pareço passar com passos intangíveis por gramados fantasmagóricos e salões de baile cheios do gemido de música havaiana e por queridas ruazinhas miseráveis com nomes bonitos até chegar a um certo vazio quente onde alguma coisa muito parecida com o eu mais eu de mim está encolhida no escuro."

É uma pena que o sr. Goodman não tenha tido a paciência de examinar essa passagem, embora seja duvidoso que fosse perceber seu significado interno.

Ele teve a gentileza de me mandar um exemplar de seu trabalho. Na carta que o acompanhava, explicava em tom de brincadeira pesada, com o que tinha a intenção epistolar de ser uma piscada amistosa, que se ele não havia mencionado o livro durante nossa entrevista era porque queria que fosse uma esplêndida surpresa. Seu tom, suas risadas, seu humor pomposo — tudo isso sugeria um velho e rude amigo da família que aparece com um presente precioso para o caçula. Mas o sr. Goodman não era muito bom ator. Nem por um momento ele pensou de fato que eu fosse ficar deliciado com o livro que escreveu, ou com o simples fato de ele ter se dado o trabalho de divulgar o nome de um membro da minha família. Ele sabia o tempo todo que seu livro era uma porcaria, e sabia que nem a encadernação, nem a capa, nem a sinopse na orelha, nem de fato nenhuma das críticas e notícias na imprensa iriam me enganar. Por que ele considerou mais sábio me manter no escuro não é de todo evidente. Talvez ele achasse que eu poderia maldosamente sentar e despejar meu próprio volume, bem a tempo de entrar em choque com o dele.

Mas ele não apenas me mandou seu livro. Ele apresentou também o relatório que tinha prometido. Este não é lugar para discutir esses assuntos. Eu entreguei a questão a meu advogado, que já me informou suas conclusões. Aqui posso dizer apenas que a ingenuidade de Sebastian em questões práticas foi abusada do modo mais grosseiro. O sr. Goodman nunca foi um agente literário normal. Ele apenas apostou em livros. Não faz parte daquela inteligente, honesta e trabalhadora profissão. Vamos deixar as coisas assim; mas eu ainda não terminei com *A tragédia de Sebastian Knight*, ou melhor — *A farsa do sr. Goodman*.

8

Dois anos se passaram depois da morte de minha mãe antes que eu visse Sebastian outra vez. Um cartão-postal foi tudo que recebi dele durante esse período, além dos cheques que ele insistia em me mandar. Numa tarde cinzenta e sem graça de novembro ou dezembro de 1924, quando eu estava andando pela Champs-Élysées na direção da Étoile, de repente vi Sebastian através da vitrina de um café muito conhecido. Me lembro que meu primeiro impulso foi continuar no meu caminho, tão magoado fiquei com a súbita revelação de que ele havia chegado a Paris e não se comunicara comigo. Então, pensando melhor, entrei. Vi a parte de trás da cabeça escura e brilhante de Sebastian e o rosto abatido da moça de óculos sentada na sua frente. Ela estava lendo uma carta que, quando me aproximei, devolveu a ele com um vago sorriso e tirou os óculos de aro de chifre.

"Não é preciso?", Sebastian perguntou e ao mesmo tempo pousei a mão em seu ombro magro.

"Ah, olá, V.", ele disse, olhando para cima. "Este é meu irmão, srta. Bishop. Sente e fique à vontade." Ela era bonita, de um jeito discreto, o rosto de pele clara com sardas tênues, faces ligeiramente encovadas, olhos míopes azul-acinzentados, lábios finos. Usava um tailleur feito sob medida com um cachecol azul e um chapeuzinho de três bicos. Creio que tinha feito permanente no cabelo.

"Eu ia telefonar para você", disse Sebastian, não muito convincente. "Sabe, vou passar só um dia aqui e amanhã volto para Londres. O que você vai tomar?"

Eles estavam tomando café. Clare Bishop, com os cílios batendo, revirou a bolsa, encontrou o lenço e esfregou primeiro uma narina, depois a outra. "O frio está piorando", disse, e fechou a bolsa.

"Ah, muito bem", disse Sebastian, em resposta a uma pergunta óbvia. "Na verdade, estou acabando de escrever um romance e o editor que escolhi parece gostar do livro, a julgar por essa carta animadora. Ele parece aprovar o título *O tordo revida*, mas Clare não."

"Acho que soa bobo", disse Clare, "e além disso um pássaro não pode revidar".

"É uma menção a um versinho infantil muito conhecido", disse Sebastian, explicando para mim.

"Menção boba", disse Clare, "seu primeiro título era muito melhor".

"Não sei... O prisma... A borda prismática...", Sebastian murmurou, "não é exatamente o que eu quero... Pena que *O tordo* seja tão pouco conhecido...".

"Um título", disse Clare, "tem de informar o tom do livro — não o tema".

Foi a primeira e última vez que vi Sebastian discutir assuntos literários em minha presença. Raramente também o tinha visto num estado de espírito tão leve. Ele parecia bem-arrumado e disposto. O rosto branco de traços finos com aquela ligeira sombra nas faces — ele era um daqueles infelizes que tinham de fazer a barba duas vezes ao dia se iam jantar fora — não mostrava nem um traço daquele tom apagado e pouco saudável que tinha tantas vezes. As orelhas bastante grandes e ligeiramente pontudas estavam acesas como ficavam quando ele estava excitado. Eu, de minha parte, fiquei calado e duro. De alguma forma, sentia que tinha me intrometido.

"Vamos a um cinema ou alguma coisa assim", Sebastian perguntou, enfiando dois dedos no bolso do colete.

"Como quiser", disse Clare.

"Gah-song", disse Sebastian. Notei que ele tentava pronunciar o francês como um saudável britânico pronunciaria.

Durante algum tempo procuramos uma das luvas de Clare debaixo da mesa e das almofadas de pelúcia. Ela estava usando um perfume bom, fresco. Finalmente encontrei uma luva de camurça cinzenta com forro branco e punho franjado. Ela a calçou tranquilamente enquanto saíamos pela porta giratória. Bastante alta, costas muito retas, bons tornozelos, sapatos de saltos baixos.

"Olhe aqui", eu disse, "acho que não posso ir com vocês ao cinema. Sinto muitíssimo, mas tenho de cuidar de umas coisas. Talvez... Mas quando exatamente você vai embora?".

"Ah, hoje à noite", Sebastian respondeu, "mas vou voltar logo... Bobagem minha não ter avisado você antes. De qualquer forma, podemos andar com você um pouquinho...".

"Conhece bem Paris?", perguntei a Clare.

"Meu pacote", ela disse, parando de repente.

"Ah, tudo bem, eu vou buscar", Sebastian falou, e voltou ao café.

Nós dois continuamos muito devagar pela calçada larga. Eu repeti fracamente minha pergunta.

"Conheço, um pouco", disse ela. "Tenho amigos aqui... vou ficar com eles até o Natal."

"Sebastian parece extremamente bem", falei.

"É, acho que sim", disse Clare olhando para trás e em seguida piscando para mim. "Quando eu conheci Sebastian, ele parecia um condenado."

"Quando foi isso?", eu devo ter perguntado, porque agora me lembro da resposta dela: "Esta primavera, em Londres, numa festa horrível, mas ele sempre parece condenado em festas."

"Aqui estão seus bong-bongs", disse a voz de Sebastian atrás de nós. Eu falei a eles que estava indo para a estação de metrô Étoile e contornamos o lugar pela esquerda. Quando íamos atravessar a avenue Kleber, Clare quase foi atropelada por uma bicicleta.

"Sua boba", disse Sebastian, agarrando o cotovelo dela.

"Pombos demais", ela disse quando chegamos à calçada.

"É, e cheiram mal", Sebastian acrescentou.

"Que tipo de cheiro? Meu nariz está entupido", ela perguntou, fungando e olhando a densa multidão de pássaros gordos passeando em torno de nossos pés.

"Íris e borracha", disse Sebastian.

O ronco de um caminhão motorizado no ato de evitar uma perua carregada de móveis lançou os pássaros girando no céu. Pousaram no friso cinza-pérola e preto do Arc de Triomphe e quando alguns desceram de novo parecia que pedaços da cornija tinham se transformado em flocos de vida. Alguns anos depois, encontrei essa imagem, "aquela pedra derretendo em asa", no terceiro livro de Sebastian.

Atravessamos mais avenidas e então chegamos aos balaústres brancos da estação de metrô. Ali nos despedimos, bem alegres... me lembro da capa de chuva de Sebastian e da figura azul-acinzentada de Clare se afastando. Ela pegou seu braço e alterou o passo para acompanhar o dele.

Agora, eu descobria com a srta. Pratt uma porção de coisas que me fizeram querer saber muito mais. O objetivo dela em me procurar era descobrir se havia restado entre as coisas de Sebastian algumas cartas de Clare Bishop. Ela enfatizou que não era um pedido de Clare Bishop; que na realidade Clare Bishop nem sabia de nossa entrevista. Clare estava casada havia uns três ou quatro anos e era orgulhosa demais para falar do passado. A srta. Pratt havia se encontrado com ela uma semana e pouco depois de a morte de Sebastian chegar aos jornais, mas embora as duas mulheres fossem amigas havia muito tempo (isto é, sabiam uma da outra mais do que qualquer delas achava que a outra soubesse) Clare não comentou o fato.

"Tomara que ele não estivesse muito infeliz", disse, baixo, e acrescentou, "me pergunto se guardou minhas cartas".

O jeito como disse isso, apertando os olhos, o breve suspiro que deu antes de mudar de assunto convenceram a amiga de que seria um grande alívio para ela saber que as cartas haviam sido destruídas. Perguntei à srta. Pratt se eu podia entrar em contato com Clare; se Clare poderia ser convencida a conversar comigo sobre Sebastian. A srta. Pratt respondeu que, conhecendo Clare, ela não ousaria nem transmitir o meu pedido. "Não adianta", foi o que disse. Por um momento tive a grosseira tentação de insinuar que tinha as cartas em meu poder e que as entregaria a Clare contanto que ela me concedesse uma entrevista pessoal, tão apaixonado era o meu desejo de encontrá-la, só para ver passar pelo rosto dela a sombra do nome que eu mencionaria. Mas não, eu não podia chantagear o passado de Sebastian. Estava fora de questão.

"As cartas foram queimadas", falei. E continuei a pedir, repeti e insisti que sem dúvida não haveria mal nenhum em tentar; será que ela não convenceria Clare, contando a ela da nossa conversa, que minha visita seria muito breve, muito inocente?

"O que exatamente você quer saber?", perguntou a srta. Pratt, "porque, sabe, eu posso contar muita coisa eu mesma".

Ela falou durante longo tempo sobre Clare e Sebastian. Falou muito bem, embora, como a maioria das mulheres, tivesse a tendência de ser um pouco didática na retrospectiva.

"Está me dizendo", interrompi a certo ponto da história, "que ninguém nunca descobriu o nome da outra mulher?".

"Não", disse a srta. Pratt.

"Mas como posso encontrar essa mulher?", gritei.

"Nunca vai encontrar."

"Quando você disse que começou?", interrompi outra vez, quando ela se referiu à doença dele.

"Bom", disse ela, "não tenho bem certeza. O que eu vi não foi o primeiro ataque dele. Estávamos saindo de um restaurante. Estava muito frio e não conseguíamos encontrar um táxi. Ele ficou nervoso, zangado. Começou a correr para um táxi que havia encostado um pouco adiante. Então parou e disse que não estava se sentindo bem. Me lembro que pegou um comprimido ou alguma coisa de uma caixinha e o esmagou com o cachecol de seda branco, assim apertando o cachecol no rosto. Isso deve ter sido em vinte e sete ou vinte e oito".

Fiz várias outras perguntas. Ela respondeu a todas da mesma forma conscienciosa e continuou com sua triste história.

Quando ela se foi, escrevi tudo — mas era algo morto, morto. Eu simplesmente tinha de ver Clare! Um olhar, uma palavra, o mero som de sua voz seria suficiente (e necessário, absolutamente necessário) para animar o passado. Por que era dessa forma eu não conseguia entender, assim como nunca entendi por que num certo dia inesquecível algumas semanas antes eu tinha tido tanta certeza de que, se conseguisse encontrar um moribundo vivo e consciente, descobriria alguma coisa que nenhum ser humano havia descoberto.

Então, na segunda-feira de manhã, fiz uma visita.

A criada me levou a uma saleta pequena. Clare estava em casa, isso pelo menos eu descobri com aquela moça rosada e um tanto rude. (Sebastian menciona em algum lugar que os romancistas ingleses nunca abandonam certo tom fixo ao descrever empregadas.) Por outro lado, eu sabia pela srta. Pratt que o sr. Bishop estava ocupado na City em dias de semana; estranho, ela ter casado com um homem com o mesmo sobrenome, não parente, apenas pura coincidência. Será que não me receberia? Bastante bem de vida, eu diria, mas não muito... Talvez uma sala em L no primeiro andar e acima dela uns dois quartos. A rua inteira consistia apenas nessas casinhas estreitas, apertadas umas nas outras. Ela demorou a tomar uma decisão... Será que eu devia ter arriscado telefonar antes? Será que a srta. Pratt já teria falado das cartas para ela? De repente, ouvi passos macios descendo a escada e um homem enorme, de roupão preto forrado de púrpura, entrou oscilando na sala.

"Desculpe minha roupa", disse ele, "mas estou com um forte resfriado. Meu nome é Bishop e soube que quer falar com minha mulher".

Será que ele teria pegado aquele resfriado, pensei num curioso relâmpago caprichoso, da Clare de nariz vermelho e voz rouca que eu conhecera doze anos antes?

"Ora, quero, sim", eu disse, "se ela não se esqueceu de mim. Nós nos conhecemos em Paris um dia".

"Ah, ela se lembra bem do seu nome", disse o sr. Bishop olhando diretamente para mim, "mas sinto dizer que ela não vai poder falar com o senhor".

"Devo voltar outra hora?", perguntei.

Houve um ligeiro silêncio e então o sr. Bishop perguntou.

"Estou certo ao pensar que sua visita tem alguma coisa a ver com a morte de seu irmão?" Ali estava ele parado na minha frente, as mãos enfiadas nos bolsos do roupão, olhando para mim, o cabelo escovado para trás com uma escova raivosa — um bom sujeito, um sujeito decente, e espero que ele não se importe de eu dizer isso aqui. Bem recentemente, devo acrescentar, em circunstâncias muito tristes, houve uma troca de cartas entre nós, que acabaram definitivamente com qualquer mal-estar que pudesse ter se infiltrado em nossa primeira conversa.

"Isso impediria que ela me recebesse?", perguntei, por minha vez. Foi uma frase tola, admito.

"De qualquer modo, não vai poder falar com ela", disse o sr. Bishop. "Sinto muito", acrescentou, abrandando um pouco, ao sentir que eu estava seguramente me retirando. "Tenho certeza de que em outras circunstâncias... mas, sabe, minha esposa não gosta muito de relembrar amizades passadas e vai me perdoar dizer isto, mas francamente acho que não devia ter vindo aqui."

Recuei, sentindo que tinha errado tudo. Reproduzi para mim mesmo o que eu teria dito a Clare se tivesse encontrado com ela a sós. De alguma forma consegui me convencer, então, de que se ela estivesse sozinha, teria me recebido: é assim que um obstáculo imprevisto diminui aqueles que se imaginou. Eu teria dito: "Vamos falar de Sebastian. Vamos falar de Paris. Conhece bem Paris? Lembra-se daqueles pombos? Me conte o que tem lido ultimamente... E filmes? Você ainda perde as luvas, os pacotes?" Ou então eu teria de recorrer a um método mais ousado, uma observação direta. "É, eu sei como você deve se sentir a respeito, mas por favor, por favor, converse comigo sobre ele. Pela imagem dele. Pelas pequenas coisas que vão se dissipar e perecer se você se recusar a me dar essas coisas para o livro sobre ele." Ah, eu tenho certeza de que ela nunca teria recusado.

E dois dias depois, com essa última intenção firme em mente, fiz outra tentativa. Dessa vez, eu estava decidido a ser muito mais circunspecto. Era uma linda manhã, bem cedo ainda, e eu tinha certeza de que ela não ficaria em casa. Discretamente eu tomaria posição na esquina da rua dela, esperaria o marido partir para a City, esperaria que ela saísse e a abordaria. Mas as coisas não funcionaram bem como eu esperava.

    Ainda faltava um pouco para eu chegar quando de repente Clare Bishop apareceu. Acabara de atravessar do meu lado para a calçada oposta. Eu a reconheci imediatamente, embora a tivesse visto apenas por uma breve meia hora anos antes. Eu a reconheci embora seu rosto estivesse contraído, e o corpo, estranhamente cheio. Ela caminhava devagar, pesadamente, e quando atravessei na direção dela me dei conta de que estava em adiantado estado de gravidez. Devido ao traço impetuoso de minha natureza, que sempre me desorienta, me vi caminhando na direção dela com um sorriso de boas-vindas, mas naqueles breves instantes eu já estava dominado por uma consciência perfeitamente clara de que não poderia nem falar, nem cumprimentá-la de forma nenhuma. Não tinha nada a ver com Sebastian ou com meu livro, ou com as palavras do sr. Bishop, mas apenas devido à sua imponente concentração. Eu sabia que estava proibido de sequer me revelar a ela, mas, como disse, meu ímpeto me levou ao outro lado da rua e de tal forma que quase me choquei com ela ao chegar à calçada. Ela desviou pesadamente e levantou os olhos míopes. Não, graças a Deus, ela não me reconheceu. Havia alguma coisa comovente na expressão solene de seu rosto pálido como serragem. Nós dois nos detivemos. Com uma ridícula presença de espírito tirei do bolso a primeira coisa que minha mão encontrou, e disse: "Desculpe, mas a senhora derrubou isto aqui?"

    "Não", ela disse, com um sorriso impessoal. Segurou a coisa perto dos olhos um momento, "não", repetiu, devolveu para mim e seguiu seu caminho. Fiquei parado com uma chave na mão, como se tivesse acabado de pegá-la da calçada. Era a chave do apartamento de Sebastian e com uma pontada estranha me dei conta de que ela a havia tocado com seus inocentes dedos cegos...

9

O relacionamento deles durou seis anos. Durante esse período, Sebastian produziu seus dois primeiros romances: *O bisel prismático* e *Sucesso*. Levou cerca de sete meses para escrever o primeiro (abril-outubro de 1924) e vinte e dois meses para compor o segundo (julho de 1925-abril de 1927). Entre o outono de 1927 e o verão de 1929, ele escreveu três contos que depois (1932) foram republicados juntos sob o título de *A montanha engraçada*. Em outras palavras, Clare testemunhou intimamente os primeiros três quintos de toda a sua produção (salto por cima da juvenília — os poemas de Cambridge, por exemplo — que ele próprio destruiu); e como no intervalo entre os livros mencionados acima Sebastian tecia e deixava de lado e retecia este ou aquele esquema imaginativo, pode-se presumir com segurança que durante esses seis anos ele esteve continuamente ocupado. E Clare adorava sua ocupação.

Ela entrou na vida dele sem bater na porta, como alguém entra na sala errada porque tem uma vaga semelhança com a sua própria sala. Lá ficou ela, esquecida do caminho da saída e acostumando-se caladamente com as estranhas criaturas que encontrou lá e das quais se aproximou apesar de suas formas incríveis. Ela não tinha nenhuma intenção especial de ser feliz ou deixar Sebastian feliz, nem tinha a menor apreensão quanto ao que podia acontecer depois; era meramente uma questão de aceitar com naturalidade a vida com Sebastian porque a vida sem ele era menos imaginável do que uma barraca de acampamento telúrica numa montanha da lua. Muito provavelmente, se ela tivesse tido um filho, eles teriam deslizado para o casamento, uma vez que esse teria sido o caminho mais simples para os três; mas como não foi o caso, não passou pela cabeça deles se submeterem àquelas brancas e sadias formalidades que muito possivelmente os dois teriam saboreado se tivessem pensado um pouco a respeito. Não havia em Sebastian nada da atitude "o preconceito que se dane". Bem sabia ele que demonstrar o próprio desdém por um código moral não passava de dissimulada presunção e preconceito virado pelo avesso. Ele geralmente escolhia o caminho ético mais fácil (do mesmo jeito que escolhia o mais espinhoso esteticamente) apenas porque, por acaso, era o caminho mais curto para o objetivo escolhido; ele estava longe de ser preguiçoso na vida cotidiana (assim como era trabalhador demais em sua vida artística) para se incomodar com problemas criados e resolvidos por outros.

Clare tinha vinte e dois anos quando conheceu Sebastian. Ela não se lembrava do pai; a mãe tinha morrido também e o padrasto havia se casado de novo, de forma que a tênue noção de lar que aquele casal representava para ela podia ser comparada ao velho sofisma do cabo trocado e da lâmina trocada, embora, é claro, ela dificilmente pudesse esperar encontrar e juntar as peças originais — deste lado da Eternidade pelo menos. Ela vivia sozinha em Londres, frequentando bem dispersamente uma escola de arte e fazendo, sabe-se lá por quê, um curso de línguas orientais. As pessoas gostavam dela porque era discretamente bonita com seu encantador rosto apagado e suave voz rouca, ficando na memória da pessoa como se fosse sutilmente dotada do dom de ser lembrada: ela se destacava bem na mente das pessoas, era mnemonizável. Mesmo suas mãos um tanto grandes e de largos nós de dedos possuíam um charme especial, e ela era uma boa dançarina, leve e silenciosa. Mas o melhor de tudo é que era uma daquelas raras, muito raras mulheres que não acham que o mundo está a seu dispor e que não veem as coisas do dia a dia meramente como espelhos familiares da própria feminilidade. Tinha imaginação — o músculo da alma —, e sua imaginação tinha uma qualidade particularmente forte, quase masculina. Ela possuía também o verdadeiro senso de beleza que tem muito menos a ver com arte do que com a constante prontidão para discernir o halo em torno de uma frigideira ou a semelhança entre um salgueiro e um cachorro Skye terrier. E, por fim, era abençoada com um fino senso de humor. Não é de admirar que tenha se encaixado tão bem na vida dele.

Já durante a primeira temporada de seu relacionamento, eles se viram bastante; no outono, ela foi a Paris e ele a visitou lá mais de uma vez, desconfio. Na época, seu primeiro livro estava pronto. Ela aprendera a datilografar e as noites do verão de 1924 tinham sido para ela outras tantas páginas enfiadas na fenda e roladas para fora outra vez vivas com palavras pretas e violeta. Eu gosto de imaginá-la datilografando as teclas brilhantes ao som de uma morna chuva farfalhando nos olmos além da janela aberta, com a voz lenta e séria de Sebastian (ele não ditava apenas, disse a srta. Pratt — ele oficiava) indo e voltando pela sala. Ele costumava passar a maior parte do dia escrevendo, mas tão trabalhoso era seu progresso que dificilmente havia mais que umas duas páginas novas para ela datilografar à noite e mesmo essas tinham de ser refeitas, porque Sebastian costumava se permitir uma orgia de correções; e às vezes ele ousava fazer o que eu diria que nenhum autor jamais fez: recopiar a folha datilografada com sua própria caligrafia deitada não inglesa e depois ditá-la outra vez. A sua luta com as palavras era geralmente dolorosa e isso por duas razões. Uma era a razão comum a escritores desse tipo: atravessar o abismo existente entre expressão e pensamento; a enlouquecedora sensação de que as palavras certas, as únicas palavras, estão à sua espera na outra margem sob a névoa distante, e o tremor da ideia ainda despida reclamando por elas deste lado do abismo. Ele não fazia uso de frases feitas porque as coisas que queria dizer eram de constituição excepcional e ele sabia além disso que não se pode dizer que nenhuma ideia real exista sem palavras feitas sob medida. De forma que (para usar uma comparação mais próxima) a ideia que só parecia nua não estava senão pedindo as roupas que usava para se tornar visível, enquanto as palavras à espreita ao longe não eram cascas vazias como pareciam, mas estavam apenas esperando a ideia que já escondiam para incendiá-la e pô-la em movimento. Às vezes, ele se sentia como uma criança a quem dão uma mixórdia de fios e mandam que produza uma maravilha de luz. E ele produzia; e às vezes não tinha a menor consciência de como conseguia isso, e outras vezes ficava pensando nos fios durante horas no que parecia o modo mais racional — e não conseguia nada. E Clare, que não havia composto uma única linha de prosa ou de poesia imaginativa em toda a sua vida, entendia tão bem (e esse era o seu milagre particular) cada detalhe da luta de Sebastian que as palavras que datilografava eram para ela não tanto portadoras de seu sentido natural, mas curvas, espaços e zigue-zagues que mostravam Sebastian tateando uma certa linha ideal de expressão.

Isso, porém, não era tudo. Eu sei, eu sei com a mesma certeza que sei que tínhamos o mesmo pai, sei que o russo de Sebastian era melhor e mais natural para ele do que o inglês. Acredito sinceramente que por não falar russo durante cinco anos, ele possa ter se forçado a acreditar que tinha esquecido o russo. Mas uma língua é uma coisa física viva que não pode ser tão facilmente descartada. Deve-se também lembrar que cinco anos antes de seu primeiro livro — isto é, na época em que saiu da Rússia —, seu inglês era tão fraco como o meu. Eu melhorei o meu artificialmente anos depois (à custa de duro estudo no estrangeiro); ele tentou deixar o dele vicejar com naturalidade em seu próprio ambiente. E vicejou lindamente, mas mesmo assim insisto que, se ele tivesse começado a escrever em russo, esses espasmos linguísticos particulares lhe teriam sido poupados. Permitam que acrescente que tenho em meu poder uma carta escrita por ele não muito antes de sua morte. E essa breve carta é escrita em um russo mais puro e rico que seu inglês jamais foi, independentemente da beleza de expressão que ele obteve em seus livros.

Sei também que, à medida que Clare registrava as palavras que ele desembaraçava de seu manuscrito, ela às vezes parava de datilografar e dizia com um pequeno franzir de testa, levantando ligeiramente a ponta externa da página presa e relendo a linha: "Não, meu bem. Você não pode dizer isso em inglês." Ele ficava olhando para ela um ou dois instantes, depois retomava sua busca, ponderando, relutante, sua observação, enquanto ela ficava sentada com as mãos delicadamente juntas no colo, esperando, quieta. "Não existe nenhum outro jeito de expressar isso", ele murmurava, afinal. "E se, por exemplo", ela dizia — e então vinha uma sugestão exata.

"Ah, bom, se você quiser", ele respondia.

"Não estou insistindo, meu bem, como você preferir, se acha que um erro de gramática não vai fazer mal..."

"Ah, vá em frente", ele gritava, "você tem toda razão, vá em frente...".

Em novembro de 1924, *O bisel prismático* estava concluído. Foi publicado em março do ano seguinte e malogrou completamente. Pelo que posso descobrir procurando em jornais daquela época, foi mencionado apenas uma vez. Cinco linhas e meia em um jornal de domingo, entre outras linhas se referindo a outros livros. "*O bisel prismático* parece ser um primeiro romance e como tal não deve ser julgado com tanta severidade quanto (o livro de Fulano de Tal, mencionado antes). Sua graça me parece obscura e sua obscuridade engraçada, mas talvez exista um tipo de ficção cujas amenidades sempre me escaparão. Porém, pelos leitores que gostem desse tipo de coisa posso acrescentar que o sr. Knight se perde tanto nas minúcias quanto nos infinitivos."

Essa primavera talvez tenha sido o período mais feliz da existência de Sebastian. Tinha dado à luz um livro e já sentia os espasmos do próximo. Sua saúde estava excelente. Tinha uma companhia adorável. Não sofria de nenhuma daquelas miúdas preocupações que antigamente costumavam atormentá-lo, às vezes com a perseverança de um enxame de formigas se espalhando sobre uma fazenda. Clare enviava as cartas para ele, conferia os recibos da lavanderia, cuidava que estivesse bem suprido de lâminas de barbear, tabaco e amêndoas salgadas pelas quais tinha um fraco especial. Ele gostava de jantar fora com ela e depois ir ao teatro. A peça quase invariavelmente o fazia espernear e gemer depois, mas ele sentia um mórbido prazer em dissecar lugares-comuns. Uma expressão de avidez, de perverso empenho, dilatava suas narinas e os dentes do fundo se apertavam em um paroxismo de repulsa enquanto ele martelava alguma pobre trivialidade. A srta. Pratt se lembrou de uma ocasião particular em que o pai dela, que a certo momento teve algum interesse financeiro na indústria do cinema, convidou Sebastian e Clare para uma sessão privada de um filme muito estupendo e caro. O ator principal era um jovem excepcionalmente bonito, usando um luxuoso turbante, e a trama era poderosamente dramática. No ponto máximo de tensão, Sebastian, para extrema surpresa e aborrecimento do sr. Pratt, começou a se sacudir de riso, com Clare rindo também, mas puxando sua manga num esforço inútil para fazê-lo parar. Os dois devem ter se divertido gloriosamente juntos, aqueles dois. E é difícil acreditar que o calor, a ternura, a beleza disso não tenham sido recolhidos e não tenham sido preservados em algum lugar, de algum jeito, por alguma testemunha imortal da vida mortal. Eles devem ter sido vistos passeando por Kew Gardens, ou Richmond Park (eu mesmo nunca estive lá, mas os nomes me atraem), ou comendo presunto e ovos em alguma hospedaria bonita em suas perambulações pelo campo, ou lendo no vasto divã do escritório de Sebastian com o fogo queimando alegremente e um Natal inglês já enchendo o ar com aromas levemente condimentados num fundo de lavanda e couro. Esse alguém deve ter ouvido Sebastian contando a ela as coisas extraordinárias que tentaria expressar em seu próximo livro, *Sucesso*.

  Um dia, no verão de 1926, quando ele estava se sentindo seco e confuso depois de lutar com um capítulo particularmente rebelde, achou que devia tirar um mês de férias no estrangeiro. Clare tinha coisas a resolver em Londres e disse que o encontraria uma ou duas semanas depois. Quando ela finalmente chegou à cidade praiana alemã que Sebastian escolhera, foi informada inesperadamente no hotel de que ele partira para destino desconhecido, mas voltaria dentro de uns dois dias. Isso intrigou Clare, embora, como ela contou depois à srta. Pratt, não tivesse ficado muito ansiosa ou preocupada. Podemos vê-la, uma figura magra e alta, de capa de chuva azul (o tempo estava encoberto e inamistoso), passeando bastante sem rumo na calçada à beira-mar, na praia de areia, vazia a não ser por algumas crianças corajosas, as bandeiras de três cores batendo tristemente numa brisa moribunda, e um mar cinza de aço quebrando aqui e ali em cristas de espuma. Mais adiante na costa, havia um bosque de faias, profundo e escuro, sem nenhuma relva a não ser trepadeiras manchando o solo marrom ondulado; e uma estranha calmaria marrom à espera entre os troncos retos e lisos: ela achou que a qualquer momento podia encontrar um gnomo alemão de capuz vermelho espiando de olhos brilhantes entre as folhas mortas de uma depressão. Clare desembrulhou suas coisas de banho e passou um dia agradável, embora um tanto inquieto, deitada na areia branca e macia. A manhã seguinte estava chuvosa de novo e ela ficou no quarto até a hora do almoço, lendo Donne, que depois permaneceu para ela eternamente associado à pálida luz cinzenta daquele dia úmido e preguiçoso, com o choro de uma criança querendo brincar no corredor. E então Sebastian chegou. Ele ficou evidentemente feliz de vê-la, mas havia alguma coisa não inteiramente natural em seu comportamento. Parecia nervoso e perturbado, e virava o rosto sempre que ela tentava encontrar seu olhar. Disse que tinha encontrado um homem que conhecera séculos antes, na Rússia, e tinham ido no carro do homem até... — ele disse o nome de um lugar no litoral, alguns quilômetros adiante. "Mas qual *é* o problema, meu bem?", ela perguntou, examinando seu rosto amuado.

"Ah, nada, nada", ele gritou, irritado, "não consigo ficar sentado sem fazer nada, quero o meu trabalho", acrescentou, e desviou o olhar.

"Eu me pergunto se está falando a verdade", ela disse.

Ele encolheu os ombros e deslizou o dorso da mão pelo vinco do chapéu que segurava.

"Venha", disse ele. "Vamos almoçar e depois voltar para Londres."

Mas não havia trem conveniente antes da noite. Como o tempo tinha limpado, saíram para um passeio. Uma ou duas vezes, Sebastian tentou ser tão animado com ela como costumava ser, mas de alguma forma não deu certo e ficaram ambos silenciosos. Chegaram ao bosque de faias. Havia aquele mesmo suspense misterioso e abafado, e ele disse, embora ela não tivesse contado que estivera ali antes: "Que lugar engraçado e tranquilo. Assustador, não é? A gente meio que espera ver um duende no meio dessas folhas mortas e trepadeiras."

"Olhe aqui, Sebastian", ela exclamou de repente, pondo as mãos nos ombros dele. "Eu quero saber qual é o problema. Quem sabe você parou de me amar. É isso?"

"Ah, meu bem, que bobagem", ele falou com perfeita sinceridade. "Mas... se você quer mesmo saber... sabe... não sei mentir e, bom, eu prefiro que você saiba. O fato é que eu senti uma dor confusa no peito e no braço, então achei melhor correr para Berlim e ver um médico. Ele me mandou para a cama lá... Sério?... Não, espero que não. Falamos de artérias coronárias, suprimento sanguíneo, seios da aorta e ele pareceu ser, no geral, um sujeito bem informado. Vou ver outro médico em Londres para ter uma segunda opinião, embora hoje eu esteja me sentindo muito bem..."

Creio que Sebastian já sabia exatamente de qual doença cardíaca estava sofrendo. A mãe dele morreu da mesma coisa, uma variedade bastante rara de angina pectoris, chamada por alguns médicos de "doença de Lehmann". Parece, porém, que depois do primeiro ataque ele teve pelo menos um ano de tranquilidade, embora de vez em quando experimentasse uma estranha pontada, como uma coceira interna no braço esquerdo.

Ele mergulhou em sua obra outra vez e trabalhou com afinco ao longo do outono, primavera e inverno. A composição de *Sucesso* acabou sendo ainda mais árdua do que a de seu primeiro romance e exigiu muito mais tempo, embora ambos os livros fossem do mesmo tamanho. Por um golpe de sorte, tenho uma imagem direta do dia em que *Sucesso* foi terminado. Isso eu devo a alguém que conheci mais tarde — e, de fato, muitas das impressões que forneci neste capítulo foram formadas corroborando as declarações da srta. Pratt com as de outro amigo de Sebastian, embora a fagulha que acendeu isso tudo pertença de alguma misteriosa maneira àquele relance que tive de Clare Bishop caminhando pesadamente numa rua de Londres.

A porta se abre. Sebastian Knight é encontrado caído de braços e pernas abertos no chão de seu escritório. Clare está fazendo uma pilha cuidadosa das folhas datilografadas em cima da mesa. A pessoa que entrou para de repente.

"Não, Leslie", diz Sebastian no chão, "não estou morto. Acabei de construir um mundo, e este é o meu descanso do sétimo dia".

10

O bisel prismático só foi apreciado por seu real valor quando o primeiro sucesso verdadeiro de Sebastian fez com que fosse lançado de novo por outra editora (Bronson), mas mesmo assim não vendeu tão bem como *Sucesso* ou *Propriedade perdida*. Para um primeiro romance, mostra notável força de vontade artística e autocontrole literário. Como era sempre o caso com Sebastian Knight, ele usou a paródia como uma espécie de trampolim para saltar à alta região da emoção séria. J. L. Coleman disse que era "um palhaço que ganha asas, um anjo imitando um pombo volteador", e a metáfora me parece muito adequada. Astutamente baseado numa paródia de certos truques da indústria literária, *O bisel prismático* alça voo. Com algo aparentado com o ódio fanático, Sebastian Knight estava sempre caçando as coisas que um dia haviam sido novas e brilhantes, mas que estavam agora desgastadas, coisas mortas entre vivas; coisas mortas fingindo vida, pintadas e repintadas, continuando a ser aceitas por mentes preguiçosas serenamente inconscientes da fraude. A ideia decaída poderia ser em si mesma totalmente inocente e pode-se dizer que não exista pecado em explorar continuamente este ou aquele assunto ou estilo absolutamente desgastado se eles agradam e divertem. Mas para Sebastian Knight qualquer bagatela, como, digamos, a adoção do método de uma história de detetive, se transformava num cadáver inchado e malcheiroso. Ele não se importava nem um pouco com os folhetins porque não estava interessado nos padrões de comportamento ordinários; o que o incomodava invariavelmente era a segunda classe, não a terceira ou enésima classe, porque aí, nesse estágio ainda legível, começava a falsificação, e isso era, num sentido *artístico*, imoral. Mas *O bisel prismático* não é apenas uma paródia engraçada da estrutura de uma história de detetive; é também uma maldosa imitação de muitas outras coisas: por exemplo um certo hábito literário que Sebastian Knight, com sua misteriosa percepção de decadência secreta, observou no romance moderno, ou seja, o truque modernoso de reunir uma variedade de pessoas num espaço limitado (um hotel, uma ilha, uma rua). Depois também diversos tipos de estilos são satirizados ao longo do livro, assim como o problema de fundir discurso direto com narração e descrição, que uma escrita elegante resolve encontrando tantas variações para "ele disse" quantas podem ser encontradas no dicionário entre "afirmou" e "zumbiu". Mas toda essa obscura brincadeira é, repito, apenas o trampolim do autor.

  Doze pessoas estão hospedadas numa pensão; a casa é muito cuidadosamente descrita, mas, a fim de frisar o tom "ilha", o resto da cidade é mostrado casualmente como um cruzamento secundário entre névoa natural e um cruzamento primário entre objetos de cena e o pesadelo de um corretor imobiliário. Como aponta o autor (indiretamente), esse método é um pouco próximo da prática cinematográfica de mostrar a atriz principal nos seus impossíveis anos de dormitório como glamorosamente diferente da multidão de colegas de escola comuns e bastante realistas. Um dos hóspedes, um certo G. Abeson, marchand de artes plásticas, é encontrado assassinado em seu quarto. O delegado de polícia local, que é descrito exclusivamente em termos de botas, telefona para um detetive de Londres, pedindo que venha imediatamente. Devido a uma combinação de incidentes (seu carro atropela uma velha e depois pega uma entrada errada) ele demora muito a chegar. Nesse meio-tempo, os habitantes da pensão, acrescidos de um transeunte fortuito, o velho Nosebag, que por acaso está no saguão quando o crime é descoberto, são minuciosamente examinados. Todos, exceto o último mencionado, um bom velho com barba branca amarelecida em torno da boca, e uma inofensiva paixão por colecionar caixas de rapé, estão mais ou menos vulneráveis a suspeita; e um deles, um duvidoso estudante de arte, parece particularmente culpado: meia dúzia de lenços manchados de sangue são encontrados debaixo de sua cama. Incidentalmente, pode-se observar que a fim de simplificar e "concentrar" as coisas, nem um único criado ou empregado do hotel é mencionado especificamente e ninguém se importa com a inexistência deles. Então, com um rápido deslizamento, alguma coisa na história começa a mudar (o detetive, não se deve esquecer, ainda está a caminho e o cadáver rígido de G. Abeson está caído no tapete). Gradualmente, vem à tona que todos os hóspedes são de diversas maneiras relacionados uns com os outros. A velha do nº 3 vem a ser mãe do violinista do nº 11. O romancista que ocupa o quarto da frente é, na verdade, marido da moça do terceiro andar, fundos. O estudante de arte duvidoso é nada menos que irmão da dama. A solene pessoa de cara redonda, tão polida com todo mundo, vem a ser o mordomo do ríspido coronel que, ao que parece, é pai do violinista. O processo gradual de fusão continua com o estudante de arte sendo noivo da gordinha do nº 5 e esta é filha da velha de um casamento anterior. E quando descobre-se que o campeão de tênis amador do nº 6 é irmão do violinista, e o romancista, tio de ambos, e a velha do nº 3, esposa do coronel ríspido, então os números nas portas são silenciosamente apagados e o tema da pensão é substituído de forma indolor e suave pelo da casa de campo, com todas as suas consequências naturais. E aí a história começa a adquirir uma estranha beleza. A ideia de tempo, que foi mostrada como cômica (detetive que se perde... vagando na noite em algum lugar), agora parece se encolher e adormecer. Agora as vidas dos personagens brilham com uma significação real e humana e a porta trancada de G. Abeson nada mais é que um depósito esquecido. Uma nova trama, um novo drama absolutamente desconectado da história da abertura, que é assim recuada para a região de sonhos, parece lutar para existir e irromper à luz. Mas no momento exato em que o leitor se sente bastante seguro numa atmosfera de agradável realidade e a elegância e a glória do estilo do autor parecem indicar alguma intenção mais elevada e rica, há uma grotesca batida na porta e o detetive entra. Estamos de novo chafurdando num pântano de paródia. O detetive, um sujeito astuto, não pronuncia os agás expirados e isso tem a intenção de parecer que tivesse a intenção de parecer estranho; porque não é uma paródia da voga Sherlock Holmes, mas uma paródia da moderna reação a isso. Os hóspedes são examinados de novo. Novas pistas são adivinhadas. O gentil velho Nosebag perambula, muito ausente e inofensivo. Ele havia entrado apenas para ver se tinham um quarto sobrando, explica. A velha fórmula de fazer a pessoa de aspecto mais inocente acabar sendo o supervilão parece estar a ponto de ser explorada. O detetive de repente se interessa pelas caixas de rapé. "Opa", diz ele, "como é isso aí?". De repente, um policial entra arrastando os pés, com a cara muito vermelha, e conta que o corpo desapareceu. O detetive: "Como assim, desapareceu?" O policial: "Desapareceu, senhor, o quarto está vazio." Há um momento de ridículo suspense. "Acho", diz o velho Nosebag, delicadamente, "que eu posso explicar". Lenta e muito cuidadosamente, ele remove a barba, a peruca grisalha, os óculos escuros e o rosto de G. Abeson é revelado. "Sabe", diz o sr. Abeson com um sorriso autodepreciativo, "ninguém gosta de ser assassinado".

    Tentei o melhor possível mostrar o funcionamento do livro, pelo menos parte de seu funcionamento. Seu charme, humor e compaixão só podem ser apreciados pela leitura direta. Mas, para iluminar aqueles que ficam perplexos com seu hábito de metamorfose, ou meramente chateados por encontrar algo incompatível com a ideia de um "bom livro" ao descobrir que um livro é absolutamente novo, eu gostaria de apontar que *O bisel prismático* pode ser inteiramente saboreado quando se entende que os heróis do livro são o que se pode chamar livremente de "métodos de composição". É como se o pintor dissesse: olhe, vou mostrar aqui para você não a pintura de uma paisagem, mas a pintura das diferentes maneiras de pintar uma certa paisagem, e acredito que a harmonia de sua fusão revelará a paisagem como eu tenciono que a vejam. No primeiro livro, Sebastian levou essa experiência a uma conclusão lógica e satisfatória. Ao submeter ao teste *ad absurdum* esta ou aquela forma literária e depois descartar uma após a outra, ele deduziu sua própria forma e a explorou inteiramente em seu livro seguinte, *Sucesso*. Aí, ele parece ter passado de um plano para outro, subindo um degrau mais alto, pois se o primeiro romance é baseado em métodos de composição literária, o segundo lida principalmente com os métodos do destino humano. Com precisão científica na classificação, exame e rejeição de uma imensa quantidade de dados (cuja acumulação se torna possível pela suposição fundamental de que um autor é capaz de descobrir tudo o que possa querer saber sobre seus personagens, essa capacidade sendo limitada apenas pela maneira e propósito de sua seleção, na medida em que deve ser não um amontoado fortuito de detalhes inúteis, mas uma busca definida e metódica), Sebastian Knight dedica as trezentas páginas de *Sucesso* a uma das mais complicadas pesquisas jamais tentadas por um escritor. Somos informados de que um certo viajante comercial, Percival Q., a certo estágio da vida e em determinadas circunstâncias, conhece uma moça, assistente de mágico, com quem será feliz para sempre. O encontro é ou parece ser acidental: os dois usam o mesmo carro pertencente a um estranho amável no dia em que os ônibus entram em greve. Essa é a fórmula, bastante desinteressante se vista como um acontecimento real, mas que se transforma em fonte de notável prazer e excitação mentais quando examinada de um ângulo especial. A tarefa do autor é descobrir como se chegou a essa fórmula; e toda a magia e força de sua arte são invocadas a fim de descobrir a maneira exata de duas linhas de vida serem levadas a entrar em contato — o livro inteiro, de fato, nada mais é que um glorioso jogo de causalidades ou, se preferirem, a experimentação da etiologia secreta das ocorrências aleatórias. As possibilidades são ilimitadas. Várias linhas óbvias de investigação são tomadas com sucessos diversos. Trabalhando em retrocesso, o autor descobre por que a greve foi marcada para aquele dia determinado e descobre-se que a eterna predileção de um político pelo número nove está na base da coisa. Isso não nos leva a lugar nenhum e a trilha é abandonada (não sem nos dar a oportunidade de assistir a um acalorado debate partidário). Outra pista falsa é o carro do estranho. Tentamos descobrir quem ele é e o que fez com que estivesse passando num determinado momento em determinada rua; mas quando descobrimos que passara ali a caminho do escritório todos os dias da semana na mesma hora durante os últimos dez anos de sua vida, não avançamos nada em nosso conhecimento. Então somos forçados a presumir que as circunstâncias externas do encontro não são amostras da atividade do destino em relação aos dois sujeitos, mas uma dada entidade, um ponto fixo, de nenhuma significação causal; e então, com clara consciência, nos voltamos para o problema de por que Q. e a jovem Anne e não outros foram levados a chegar e parar lado a lado por um minuto na calçada naquele ponto específico. Então a linha do destino da moça é traçada por algum tempo, depois a do homem, as notas são comparadas e então, de novo, ambas as vidas são acompanhadas por sua vez.

Ficamos sabendo de uma porção de coisas curiosas. As duas linhas que afinal se afunilam a ponto de se encontrar não são realmente as linhas de um triângulo que se afastam constantemente na direção de uma base desconhecida, mas linhas onduladas, ora correndo bem separadas, ora quase se tocando. Em outras palavras, houve ao menos duas ocasiões em que as vidas dessas duas pessoas, sem que uma soubesse da outra, quase se encontraram. Em cada caso, o destino parecia ter preparado o encontro com absoluto cuidado; tocando ora esta possibilidade, ora aquela; fechando saídas e repintando placas de sinalização; estreitando em seu abraço apertado o bojo da rede onde as borboletas estavam voejando; sincronizando o menor detalhe, sem deixar nada ao acaso. A revelação desses preparativos secretos é fascinante e o autor parece ter um olhar arguto quando leva em consideração todas as cores de local e circunstância. Mas todas as vezes, um minúsculo erro (a sombra de uma falha, o buraco tapado de uma possibilidade imprevista, um capricho de livre-arbítrio) estraga o prazer determinista e as duas vidas se afastam outra vez com velocidade crescente. Assim, Percival Q. é impedido por uma abelha que pica seu lábio no último minuto de ir à festa à qual o destino com infinita dificuldade conseguiu levar Anne; assim, por um lance de temperamento, ela deixa de obter o emprego cuidadosamente preparado no departamento de propriedades perdidas onde trabalha o irmão de Q. Mas o destino é perseverante demais para desanimar com o fracasso. E quando, finalmente, chega-se ao sucesso, é por meio de maquinações tão delicadas que não se escuta nem o menor clique quando os dois finalmente se encontram.

Não entrarei em mais detalhes sobre esse romance inteligente e delicioso. É a mais bem conhecida das obras de Sebastian Knight, embora seus três livros posteriores a superem de diversas maneiras. Como em minha demonstração de *O bisel prismático*, meu único objetivo é mostrar o funcionamento, talvez em detrimento da impressão de beleza deixada pelo livro em si, à parte de seus artifícios. Ele contém, permitam que acrescente, uma passagem tão estranhamente ligada à vida interior de Sebastian na época da finalização dos últimos capítulos que merece ser citada em contraste com uma série de observações referentes mais aos meandros do cérebro do autor do que ao lado emocional de sua arte.

"William [o primeiro noivo estranho e efeminado de Anne, que depois a deixa] levou-a para casa como sempre e acariciou-a um pouco no escuro da porta. De repente, ela sentiu que o rosto dele estava molhado. Ele o cobriu com a mão e procurou o lenço. 'Chovendo no paraíso', falou... 'a cebola da felicidade... o pobre Willy é um bobo chorão', e beijou o canto de sua boca, depois assoou o nariz com um leve guincho úmido. 'Homem grande não chora', disse Anne. 'Mas eu não sou grande', ele respondeu com um gemido. 'Essa lua é infantil, a calçada molhada é infantil e o Amor é um bebê de peito...' 'Pare, por favor', ela disse. 'Sabe que eu detesto quando você fica falando assim. É tão bobo, tão...' 'Tão Willy', ele suspirou. Ele a beijou de novo e ficaram parados como alguma delicada estátua escura com duas cabeças sombreadas. Um policial passou levando a noite pela coleira e parou para deixar que farejasse um poste. 'Estou tão feliz quanto você', ela disse, 'mas não tenho a mínima vontade nem de chorar nem de falar bobagem'. 'Mas você não vê', ele sussurrou, 'não vê que a felicidade, em seu ápice, é apenas o burlesco de sua própria mortalidade?'. 'Boa noite', disse Anne. 'Amanhã às oito', gritou ele quando ela foi embora. Ele alisou a porta delicadamente, depois foi andando pela rua. Ela é quente e ela é linda, ele pensou, e eu a amo, e nada disso adianta, não adianta, porque nós estamos morrendo. Não consigo suportar esse deslizar de volta para o passado. Esse último beijo é realmente morto e *A mulher de branco* [o filme que tinham ido ver naquela noite] é morto de pedra, e o policial que passou está morto também, e até a porta é tão morta quanto o prego dela. E esse último pensamento já é uma coisa morta agora. Coates (o médico) tem razão quando diz que meu coração é pequeno demais para o meu tamanho. E ele suspira. Continuou a andar falando consigo mesmo, sua sombra ora projetando um longo nariz, ora fazendo uma reverência, ao deslizar para trás em torno de um poste de luz. Quando ele chegou a seu triste alojamento, demorou um longo tempo para subir a escada escura. Antes de ir para a cama, bateu na porta do mágico e encontrou o velho de pé em roupa íntima, inspecionando uma calça preta. 'Então?', disse William... 'Parece que eles não gostam do meu sotaque', ele respondeu, 'mas acho que, mesmo assim, vou conseguir dessa vez'. William sentou-se na cama e disse: 'Devia pintar o cabelo.' 'Sou mais careca que grisalho', disse o mágico. 'Às vezes eu me pergunto', disse William, 'onde estão as coisas que desprendemos de nós — porque elas têm de estar em *algum lugar*, sabe — cabelo perdido, unhas...'. 'Andou bebendo de novo', sugeriu o mágico sem muita curiosidade. Ele dobrou a calça com cuidado e disse para William sair da cama para que pudesse colocar a calça debaixo do colchão. William sentou-se numa cadeira e o mágico fez o que tinha de fazer; os pelos espetados nas panturrilhas; os lábios projetados num bico, as mãos macias movendo-se com delicadeza. 'Estou simplesmente feliz', disse William. 'Não parece', disse o velho solene. 'Posso comprar um coelho para você?', William perguntou. 'Eu alugo um quando necessário', replicou o mágico, puxando o 'necessário' como se fosse uma fita sem fim. 'Uma profissão ridícula', disse William, 'um batedor de carteira que enlouqueceu, matéria para gozação. As moedas no chapéu do mendigo e a omelete em sua cartola. Absurdamente iguais'. 'Estamos acostumados com o insulto', disse o mágico. Com toda a calma, ele apagou a luz e William saiu às apalpadelas. Os livros na cama em seu quarto pareciam relutantes a se mexer. Enquanto se despia, ele imaginava a bênção proibida de uma lavanderia ao sol: água azul e mãos vermelhas. Teria de implorar a Anne para lavar sua camisa? Teria realmente a incomodado de novo? Ela realmente acreditava que iam se casar um dia? As pequenas sardas pálidas na pele luminosa debaixo dos olhos inocentes. O dente incisivo direito um pouco saliente. O pescoço quente e macio. Ele sentiu de novo a pressão das lágrimas. Será que ela seguiria o mesmo caminho de May, Judy, Juliette, Augusta e todo o restante de suas chamas amorosas? Ele ouviu a bailarina do quarto vizinho trancar a porta, lavar-se, bater uma caneca, limpando tristemente a garganta. Alguma coisa caiu e tilintou. O mágico começou a roncar."

11

Estou chegando rapidamente ao ponto crucial da vida sentimental de Sebastian e, quando avalio o trabalho já feito à pálida luz da tarefa que ainda tenho pela frente, me sinto particularmente pouco à vontade. Será que dei até agora uma ideia justa da vida de Sebastian até esse ponto como eu esperava, e como espero fazer em relação a seu período final? A dura luta com um idioma estrangeiro e a completa falta de experiência literária não predispõem a pessoa a se sentir muito confiante. Mas por mais que eu tenha tropeçado em minha tarefa no correr dos capítulos precedentes estou decidido a perseverar, e para isso encontro apoio na consciência secreta de que, de alguma forma discreta, a sombra de Sebastian está tentando ajudar.

  Tenho recebido ajuda menos abstrata também. P. G. Sheldon, o poeta, que esteve muitas vezes com Clare e Sebastian entre 1927 e 1930, gentilmente se dispôs a me contar tudo o que pudesse saber, quando o visitei logo depois de meu estranho semiencontro com Clare. E foi de novo ele quem, alguns meses depois (quando eu já havia começado a escrever este livro), me informou do destino da pobre Clare. Ela parecia uma mulher tão normal e saudável, como foi que sangrou até morrer ao lado de um berço vazio? Ele me contou da satisfação dela quando *Sucesso* fez jus ao título. Porque *foi* um sucesso dessa vez. Por que é assim, por que um livro excelente fracassa e aquele outro, tão excelente quanto, recebe o que lhe é devido, será sempre um mistério. Assim como tinha sido o caso de seu primeiro romance, Sebastian não mexera um dedo, não puxara a menor cordinha para fazer com que *Sucesso* fosse alardeado com brilho e calorosamente aclamado. Quando uma agência de clippings começou a bombardeá-lo com amostras de louvor, ele se recusou tanto a contratar o fornecimento dos recortes como a agradecer às boas críticas. Expressar sua gratidão a um homem que ao dizer o que pensava do livro estava meramente cumprindo seu dever parecia a Sebastian uma coisa imprópria e mesmo ofensiva, ao sugerir um lado calidamente humano na gélida serenidade do julgamento desapaixonado. Além disso, uma vez começado, ele seria forçado a continuar agradecendo e agradecendo por todas as linhas seguintes, para que o homem não se ofendesse por um súbito lapso; e finalmente, isso desenvolveria um tal calor úmido e tonto que, apesar da bem conhecida honestidade deste ou daquele crítico, o agradecido autor não poderia nunca estar bem, bem certo de que aqui ou ali a simpatia pessoal não tivesse sorrateiramente interferido.

A fama em nossos dias é comum demais para ser confundida com o brilho duradouro em torno de um livro merecedor. Mas fosse o que fosse, Clare estava disposta a aproveitar. Ela queria ver gente que queria ver Sebastian, que enfaticamente não queria vê-las. Ela queria ouvir desconhecidos falarem sobre *Sucesso*, mas Sebastian disse que não estava mais interessado nesse livro específico. Ela queria que Sebastian se associasse a um clube literário e fizesse contato com outros autores. E uma ou duas vezes Sebastian meteu-se numa camisa engomada e tirou-a de novo sem ter pronunciado uma única palavra no jantar organizado em sua homenagem. Ele não estava se sentindo muito bem. Dormia mal. Tinha horríveis ataques de temperamento — e isso era uma coisa nova para Clare. Uma tarde, quando ele estava trabalhando em *A montanha engraçada* em seu escritório, tentando não perder o rumo na trilha íngreme e escorregadia por entre os escuros penhascos da nevralgia, Clare entrou e perguntou com sua voz mais gentil se ele receberia uma visita.

"Não", disse ele, mostrando os dentes à palavra que tinha acabado de escrever.

"Mas você pediu que ele viesse às cinco e..."

"Pronto, você conseguiu...", Sebastian gritou e atirou a caneta-tinteiro na chocada parede branca. "Por que não me deixa trabalhar em paz?", ele gritou, num tamanho crescendo que P. G. Sheldon, que jogava xadrez com Clare na sala ao lado, se levantou e fechou a porta que dava para o hall, onde um homenzinho humilde estava esperando.

De vez em quando, baixava nele uma atitude loucamente brincalhona. Uma tarde, com Clare e dois amigos, ele inventou uma linda brincadeira para se fazer com a pessoa que iam encontrar depois do jantar. Curiosamente, Sheldon esquecera qual era ao certo esse esquema. Sebastian riu e girou nos calcanhares batendo os punhos fechados um no outro como fazia quando estava realmente se divertindo. Estavam de saída e muito animados, Clare tinha chamado um táxi por telefone, seus sapatos prateados novos brilhavam, ela havia encontrado a bolsa, quando de repente Sebastian pareceu perder todo o interesse na brincadeira. Pareceu entediado e bocejou quase sem abrir a boca de um jeito muito desagradável e disse que ia sair com o cachorro e depois ir para a cama. Naquela época, tinha um pequeno bull-terrier preto; ele acabou ficando doente e teve de ser sacrificado.

A montanha engraçada foi terminado, depois *Albinos de preto* e depois seu terceiro e último conto, *O outro lado da lua*. Vocês se lembram daquele delicioso personagem desse conto — o homenzinho humilde que espera um trem e ajuda três viajantes desesperados de três maneiras diferentes? Esse sr. Siller talvez seja a mais viva das criações de Sebastian e incidentalmente é o último representante do "tema de pesquisa" que discuti tanto a respeito de *O bisel prismático* como *Sucesso*. É como se uma determinada ideia que foi crescendo constantemente em dois livros tivesse agora explodido em existência física real, e então o sr. Siller faz sua mesura, com todos os detalhes de roupa e maneira, palpável e único: as sobrancelhas fartas e o bigode modesto, o colarinho mole e o pomo de adão "movendo-se como a forma de um espião atrás da cortina", os olhos castanhos, as veias vermelho-vinho no nariz grande e forte, "cuja forma faz imaginar se ele não terá perdido sua corcunda em algum lugar"; a gravatinha preta e o guarda-chuva velho ("um pato em luto fechado"); a densa pelagem nas narinas; a bela surpresa de brilhante perfeição quando ele tira o chapéu. Mas quanto melhor o trabalho de Sebastian, pior ele se sentia — principalmente nos intervalos. Sheldon acha que o mundo do último livro que ele iria escrever vários anos depois (*O asfódelo duvidoso*) já estava lançando sua sombra em tudo que havia em torno dele e que seus romances e contos não eram senão máscaras brilhantes, sorrateiras tentações debaixo da desculpa da aventura artística que o levava infalivelmente na direção de certo objetivo iminente. Era de se presumir que ele gostasse de Clare tanto quanto sempre gostara, mas o agudo senso de mortalidade, que tinha começado a obcecá-lo, fazia seu relacionamento com ela parecer mais frágil do que talvez fosse. Quanto a Clare, ela havia, um tanto inadvertidamente em sua bem-intencionada inocência, se acomodado em algum canto agradável e ensolarado da vida de Sebastian, onde o próprio Sebastian não parava; e agora ela fora deixada para trás e não sabia bem se tentava alcançá-lo ou se experimentava chamá-lo de volta. Ela era mantida alegremente ocupada, tinha de cuidar dos negócios literários de Sebastian e manter sua vida em ordem no geral, e embora ela sem dúvida sentisse que alguma coisa estava fora de lugar, que era perigoso perder contato com a existência imaginativa dele, provavelmente se consolava julgando tratar-se de uma inquietação passageira, e que "tudo acabaria se ajeitando". Naturalmente, não posso tocar no lado íntimo da relação deles, primeiro porque seria ridículo discutir o que não se pode afirmar definitivamente e, em segundo lugar, porque o simples som da palavra "sexo", com sua ciciante vulgaridade e a vaia em "ks" do final, me parece tão oco que não consigo deixar de duvidar que *exista* qualquer ideia real por trás da palavra. Na verdade, acredito que atribuir ao "sexo" uma situação especial ao tentar captar um problema humano, ou, pior ainda, deixar que a "ideia sexual", se tal coisa existe, contamine e "explique" todo o resto é um grave erro de raciocínio. "O quebrar de uma onda não pode explicar o mar inteiro, de sua lua a sua serpente; mas uma poça na reentrância de uma rocha e as ondulações de diamantes na estrada para Catai ambas são água" (*O outro lado da lua*).

"O amor físico não é mais que outra maneira de dizer a mesma coisa e não uma nota especial de sexofone, que uma vez ouvida ecoa em todas as outras regiões da alma" (*Propriedade perdida*, página 82). "Todas as coisas pertencem à mesma ordem de coisas, pois tal é a singularidade da percepção humana, a singularidade da individualidade, a singularidade da matéria, seja o que for a matéria. O único número real é um, o resto é mera repetição" (*ibid.*, página 83). Se eu ao menos soubesse por alguma fonte confiável que Clare não estava exatamente à altura do padrão de amor físico de Sebastian, mesmo assim eu nunca pensaria em escolher essa insatisfação como o motivo para o estado geral febril e nervoso dele. Mas estando insatisfeito com as coisas em geral, ele pode estar insatisfeito com a cor de seu romance também. E veja bem, uso a palavra insatisfação muito frouxamente, porque o estado de espírito de Sebastian nesse período de sua vida era algo muito mais complicado do que mera *Weltschmerz* ou depressão. Isso só pode ser compreendido por intermédio de seu último livro, *O asfódelo duvidoso*. Esse livro ainda era nada mais que uma névoa distante. Logo se transformaria no perfil de um litoral. Em 1929, um famoso especialista cardíaco, dr. Oates, aconselhou Sebastian a passar um mês em Blauberg, na Alsácia, onde um certo tratamento se mostrara benéfico em vários casos semelhantes. Parece ter sido tacitamente combinado que ele iria sozinho. Antes de sua partida, a srta. Pratt, Sheldon, Clare e Sebastian tomaram chá juntos no apartamento dele, e ele estava alegre e falante, brincou com Clare por ter deixado seu próprio lenço amassado entre as coisas que ela estava embalando para ele em sua presença exigente. Então ele deu um pulo em cima do pulso de Sheldon (Sebastian nunca usou relógio de pulso), olhou a hora e de repente começou a correr, embora ainda tivesse uma hora de folga. Clare não sugeriu acompanhá-lo até o trem — ela sabia que ele não gostava disso. Ele lhe deu um beijo na testa e Sheldon ajudou-o a carregar a mala (já mencionei que além de uma vaga faxineira e do garçom que trazia suas refeições de um restaurante próximo, Sebastian não tinha criados?). Quando ele foi embora, os três ficaram sentados em silêncio algum tempo.

De repente, Clare pôs o bule em cima da mesa e disse: "Acho que aquele lenço queria ter ido com ele, eu devia ter obedecido à sugestão."

"Não seja boba", disse o sr. Sheldon.

"Por que não?", ela perguntou.

"Se você quer dizer que gostaria de pegar o mesmo trem", começou a srta. Pratt...

"Por que não?", Clare repetiu. "Tenho quarenta e cinco minutos para fazer isso. Dou uma corrida até minha casa, ponho uma coisa ou outra dentro da mala e corro de táxi..."

E assim o fez. O que aconteceu na estação Victoria não se sabe, mas uma hora e pouco depois ela ligou para Sheldon, que tinha ido para casa, e contou com uma risadinha patética que Sebastian não queria que ela ficasse nem na plataforma até o trem partir. De alguma forma, eu tenho uma imagem bem clara dela chegando lá, com a mala, os lábios prontos a se abrir num sorriso animado, os olhos míopes espiando pelas janelas do trem, procurando por ele, encontrando, ou talvez ele a tenha visto primeiro... "Olá, aqui estou", ela deve ter dito, alegre, um pouco alegre demais talvez...

Ele escreveu para ela, uns dias depois, para contar que o lugar era muito agradável e que ele se sentia especialmente bem. Então houve um silêncio, e só quando Clare mandou um telegrama ansioso foi que veio um postal com a informação de que ele ia abreviar sua estada em Blauberg e passaria uma semana em Paris antes de voltar para casa.

Por volta do fim dessa semana, ele me telefonou e jantamos juntos num restaurante russo. Eu não o via desde 1924 e isso foi em 1929. Ele parecia cansado e doente, e devido à sua palidez parecia não ter se barbeado, embora tivesse acabado de sair do barbeiro. Havia uma erupção em sua nuca coberta com um esparadrapo cor-de-rosa.

Depois de me fazer algumas perguntas sobre mim, nós dois achamos penoso continuar com a conversa. Perguntei o que tinha acontecido com a bela moça que eu tinha visto com ele da última vez. "Que moça?", ele perguntou. "Ah, Clare. É, ela está bem. Nós meio que casamos."

"Você parece um pouco abatido", eu disse.

"Não estou nem ligando se estou. Quer comer 'pelmeni' agora?"

"Engraçado você ainda se lembrar do gosto disso", falei.

"Por que não me lembraria?", ele perguntou, seco.

Comemos em silêncio durante alguns minutos. Depois, tomamos café.

"Como você disse que era o nome do lugar? Blauberg?"

"É, Blauberg."

"Bonito lá?"

"Depende do que você chama de bonito", ele disse, e os músculos do maxilar se contraíram quando reprimiu um bocejo. "Desculpe", disse, "espero dormir um pouco no trem".

De repente, ele mexeu no meu pulso.

"Oito e meia", repliquei.

"Tenho de telefonar", ele sussurrou e atravessou o restaurante com o guardanapo na mão. Cinco minutos depois estava de volta com o guardanapo enfiado no bolso do paletó. Eu o puxei para fora.

"Olhe aqui", disse ele, "sinto muitíssimo, tenho de ir embora. Esqueci que tenho um compromisso".

"Sempre me incomodou", Sebastian Knight escreve em *Propriedade perdida*, "que as pessoas em restaurantes nunca percebam os mistérios animados que lhes trazem comida e pegam seus casacos e abrem as portas para eles. Uma vez, relembrei a um homem de negócios com quem eu havia almoçado umas semanas antes que a mulher que nos entregou nossos chapéus tinha algodão no ouvido. Ele pareceu perplexo e disse que não se lembrava de mulher nenhuma... Uma pessoa que não nota o lábio leporino de um motorista de táxi porque tem pressa de chegar a algum lugar para mim é um monomaníaco. Muitas vezes sinto como se estivesse no meio de homens cegos e loucos, quando penso que fui o único na multidão a me perguntar a razão de a moça do chocolate manquejar ligeiramente, muito ligeiramente".

Quando saímos do restaurante e estávamos indo para a fila de táxis, um velho de olhos remelosos molhou o polegar e ofereceu a Sebastian ou a mim, ou a ambos, um dos anúncios impressos que estava distribuindo. Nenhum de nós o pegou, ambos olhamos diretamente em frente, sonhadores mal-humorados ignorando a oferta. "Bom, até logo", eu disse a Sebastian quando ele acenou para o táxi.

"Venha me ver em Londres algum dia", ele disse e olhou para trás. "Espere um pouco", acrescentou, "assim não é possível. Eu ignorei um mendigo...". Ele se afastou e logo voltou com um papelzinho na mão. Leu cuidadosamente o que estava escrito antes de jogar fora.

"Quer uma carona?", perguntou.

Senti que ele estava loucamente ansioso para se livrar de mim.

"Não, obrigado", eu disse. Não guardei o endereço que ele deu ao motorista, mas me lembro que falou para ir depressa.

Quando voltou a Londres... Não, a linha da narrativa se rompe e tenho de perguntar a outras pessoas para emendar os fios outra vez.

Clare não notou de imediato que alguma coisa tinha acontecido? Ela não desconfiou de imediato o que era essa coisa? Devemos tentar adivinhar o que ela perguntou a Sebastian, o que ele respondeu, e o que ela disse então? Acho que não... Sheldon esteve com eles logo depois do retorno de Sebastian e achou que ele parecia estranho. Mas ele tinha parecido estranho antes também...

"Então começou a me preocupar", disse o sr. Sheldon. Ele encontrou Clare sozinha e perguntou se ela achava que Sebastian estava bem. "Sebastian?", Clare perguntou, com um sorriso lento e horrível, "Sebastian enlouqueceu. Enlouqueceu de vez", ela repetiu, arregalando os olhos pálidos.

"Ele parou de falar comigo", acrescentou, baixinho.

Então Sheldon viu Sebastian e perguntou o que estava errado.

"Você tem alguma coisa a ver com isso?", Sebastian inquiriu com uma espécie de perversa frieza.

"Eu gosto de Clare", disse Sheldon, "e quero saber por que ela está parecendo uma alma perdida". (Clare ia à casa de

Sebastian diariamente e sentava em cantos estranhos onde nunca sentara antes. Às vezes levava doces ou uma gravata para Sebastian. Os doces ficavam intocados, e a gravata, pendurada sem vida nas costas de uma cadeira. Ela parecia passar através de Sebastian como um fantasma. Depois desaparecia tão silenciosamente como tinha vindo.)

"Bom", disse Sheldon, "fale logo, homem. O que você fez com ela?".

12

Sheldon não ficou sabendo de absolutamente nada por ele. O que realmente ficou sabendo foi pela própria Clare; e isso revelou-se muito pouco. Depois de voltar a Londres, Sebastian estivera recebendo cartas em russo de uma mulher que conhecera em Blauberg. Ela estivera no mesmo hotel que ele. Nada mais se soube.

Seis semanas depois (em setembro de 1929), Sebastian saiu da Inglaterra de novo e ficou ausente até janeiro do ano seguinte. Ninguém sabe onde esteve. Sheldon sugeriu que pode ter sido a Itália "porque é para lá que amantes geralmente vão". Mas ele não se apegou à sua sugestão.

Se Sebastian teve alguma conversa final com Clare ou se deixou uma carta para ela ao partir, não está claro. Ela se afastou tão discretamente como chegara. Ela mudou de casa: ficava muito perto do apartamento de Sebastian. Num certo dia sombrio de novembro, a srta. Pratt se encontrou com ela no fog, a caminho de casa, vinda de uma empresa de seguros de vida onde tinha encontrado trabalho. Depois disso, as duas moças se viram com bastante frequência, mas o nome de Sebastian raramente era mencionado. Cinco anos depois, Clare se casou.

Propriedade perdida, que Sebastian havia começado nessa época, aparece como uma espécie de parada em sua jornada literária de descoberta: um resumo, um cômputo das coisas e almas perdidas no caminho, uma definição de posições; o tinir de cavalos sem sela pastando no escuro; o fulgor de uma fogueira no campo; estrelas no alto. Há nele um capítulo curto que trata de um desastre de avião (morreram o piloto e todos os passageiros, menos um); o sobrevivente, um inglês idoso, foi descoberto por um fazendeiro a alguma distância do local do acidente, sentado numa pedra. Estava encolhido — a imagem da desgraça e da dor. "Você está muito ferido?", perguntou o fazendeiro. "Não", respondeu o inglês, "é dor de dente. Doeu a viagem inteira". Foram encontradas meia dúzia de cartas espalhadas pelo campo: restos de um saco de correspondência aérea. Duas eram cartas comerciais de grande importância; a terceira era endereçada a uma mulher, mas começava assim: "Querido sr. Mortimer, em resposta à sua carta do dia 6 passado..." e tratava de um pedido; uma quarta era uma carta de parabéns pelo aniversário; uma quinta era a carta de um espião com seu duro segredo de aço escondido em uma pilha de conversa mole; e a última era um envelope endereçado a uma empresa de comerciantes com a carta errada dentro, uma carta de amor. "Isto vai machucar, meu pobre amor. Nosso piquenique se acabou; a estrada escura é esburacada e a criança menor no carro está a ponto de vomitar. Um idiota raso diria para você: tem de ser valente. Mas por outro lado, qualquer coisa que eu possa dizer para você à guisa de apoio ou consolação com certeza vai ser melosa — você sabe o que eu quero dizer. Você sempre soube o que eu queria dizer. A vida com você foi adorável — e quando digo adorável, digo pombos e lírios, veludo e esse 'v' macio e rosado no início e o jeito de sua língua curvar nesse longo e demorado 'l'. Nossa vida juntos foi aliterativa, e quando penso em todas as pequenas coisas que vão morrer, agora que não podemos mais reparti-las, sinto como se nós dois estivéssemos mortos também. E talvez estejamos. Sabe, quanto maior era a nossa felicidade, mais difusas ficavam as margens, como se os seus contornos estivessem derretendo, e agora se dissolveram inteiramente. Não deixei de te amar; mas alguma coisa morreu em mim e não consigo ver você na névoa... Tudo isso é poesia. Estou mentindo para você. Covardemente. Não existe nada mais covarde do que um poeta enrolando. Acho que você adivinhou em que pé estão as coisas: a maldita fórmula 'uma outra mulher'. Sou desesperadamente infeliz com ela — eis uma coisa que é verdadeira. E acho que não há muito mais que eu possa dizer deste lado da coisa.

"Não consigo evitar a sensação de que existe alguma coisa essencialmente errada no amor. Amigos podem brigar ou se afastar, parentes próximos também, mas não há esta pontada, esta ternura, esta fatalidade que se cola ao amor. A amizade nunca tem esse ar condenado. Ora, qual o problema? Não deixei de amar você, mas como não posso continuar beijando seu tênue rosto querido, temos de nos separar, temos de nos separar. Por que isso? O que é essa misteriosa exclusividade? A gente pode ter mil amigos, mas apenas um parceiro amoroso. Haréns não têm nada a ver com esta questão: estou falando de dança, não de ginástica. Ou alguém consegue imaginar um tremendo turco amando cada uma de suas quatrocentas esposas do jeito que eu amo você? Porque se eu digo 'dois' já comecei a contar e isso não tem mais fim. Só existe um número real: Um. E o amor, ao que parece, é o melhor representante dessa singularidade.

"Adeus, meu pobre amor. Nunca vou te esquecer e nunca vou te substituir. Seria absurdo para mim tentar te convencer de que você foi o amor puro e que esta outra paixão não passa de uma comédia da carne. Tudo é carne e tudo é pureza. Mas uma coisa é certa: fui feliz com você e agora estou miserável com a outra. E assim segue a vida. Vou brincar com meus colegas do escritório, aproveitar meus jantares (até ficar com dispepsia), ler romances, escrever versos e ficar de olho nas ações — e me comportar no geral como sempre me comportei. Mas isso não quer dizer que eu seja feliz sem você... Cada pequena coisa me lembrará de você — o olhar de censura à mobília nas salas em que você afofou almofadas e conversou com o espeto da lareira, cada pequena coisa que divisamos juntos sempre me parecerá metade de uma noz, metade de uma moeda, com a outra metade guardada com você. Adeus. Vá embora, vá embora. Não escreva. Case com Charlie ou qualquer outro bom homem com um cachimbo entre os dentes. Me esqueça agora, mas me lembre depois, quando a parte amarga tiver sido esquecida. Este borrão não é por causa de uma lágrima. Minha caneta-tinteiro quebrou e estou usando uma caneta imunda num quarto de hotel imundo. O calor é terrível e não fui capaz de fechar o negócio que deveria ter conduzido a 'uma solução satisfatória', como diz aquele cretino do Mortimer. Acho que você está com um ou dois livros meus — mas isso não é importante. *Por favor*, não escreva. L."

Se abstrairmos dessa carta fictícia tudo que é pessoal a seu suposto autor, acredito que haja nela muita coisa que pode ter sido sentida por Sebastian, ou mesmo escrita por ele, para Clare. Ele tinha um estranho hábito de dotar até o mais grotesco personagem com esta ou aquela ideia, ou impressão, ou desejo com o qual ele próprio podia ter se entretido. A carta de seu herói poderia ser uma espécie de código em que ele expressava umas poucas verdades sobre seu relacionamento com Clare. Mas não consigo indicar nenhum outro autor que tenha feito uso de sua arte de maneira tão desconcertante — desconcertante para mim que desejaria ver o homem real por trás do autor. A luz da verdade pessoal é difícil de perceber no tremular de uma natureza imaginária, mas o que é ainda mais difícil de entender é o fato surpreendente de um homem, escrevendo sobre coisas que ele realmente sentia na hora que escrevia, ter o poder de criar simultaneamente — e a partir das próprias coisas que perturbavam sua mente — um personagem fictício e ligeiramente absurdo.

Sebastian voltou a Londres no começo de 1930 e caiu de cama depois de um severo ataque do coração. De uma forma ou de outra, ele conseguiu continuar escrevendo *Propriedade perdida*: seu livro mais fácil, eu acho. Agora, é preciso entender, a respeito do que vem a seguir, que Clare tinha sido a única responsável pelo gerenciamento de seus assuntos literários. Depois que ela foi embora, essas coisas logo ficaram loucamente embaralhadas. Em muitos casos, Sebastian não fazia a mais vaga ideia do pé em que estavam as coisas e qual a sua relação exata com este ou aquele editor. Estava tão confuso, tão absolutamente incompetente, tão desanimadoramente incapaz de lembrar de um único nome ou endereço, ou o lugar onde punha as coisas, que então se viu nas mais absurdas dificuldades. Curiosamente, o descuido juvenil de Clare havia sido substituído por uma perfeita clareza e firmeza de propósito ao lidar com os negócios de Sebastian; mas agora estava tudo enlouquecido. Ele nunca aprendera a usar uma máquina de escrever e estava nervoso demais para começar agora. *A montanha engraçada* foi publicado simultaneamente em duas revistas americanas, e Sebastian não conseguia se lembrar de como tinha conseguido vender o conto para duas pessoas diferentes. Depois, houve a história complicada com um homem que queria fazer um filme baseado em *Sucesso* e que pagara adiantado a Sebastian (sem que ele notasse, tão distraidamente lia as cartas) por uma versão abreviada e "intensificada", que Sebastian nem sonhava fazer. *O bisel prismático* estava no mercado outra vez, mas Sebastian mal sabia disso. Os convites não eram nem respondidos. Números de telefone mostravam-se ilusões e o tormento de procurar o envelope em que tinha anotado este ou aquele número o esgotava mais que escrever um capítulo. E então — sua cabeça estava em outra coisa, seguindo os passos de uma amante ausente, esperando que ela ligasse —, e então a ligação vinha, ou ele próprio não conseguia mais aguentar o suspense e então, lá estava ele, como Roy Carswell um dia o vira: um homem magro com um casaco grande e chinelos embarcando num vagão Pullman.

Foi no começo desse período que o sr. Goodman fez a sua aparição. Pouco a pouco, Sebastian entregou a ele todos os seus negócios literários e sentiu-se muito aliviado por encontrar secretário tão eficiente. "Eu geralmente encontrava Sebastian", escreve o sr. Goodman, "deitado na cama como um leopardo amuado" (o que faz lembrar de alguma forma o lobo de touca de *Chapeuzinho Vermelho*)... "Nunca em minha vida eu tinha visto", ele continua em outra passagem, "uma pessoa de aparência tão abatida... Me disseram que o escritor francês M. Proust, que Knight consciente ou inconscientemente copiava, também tinha grande pendor por uma certa pose lânguida 'interessante'...". E mais adiante: "Knight era muito magro, com o rosto pálido e mãos sensíveis, que ele gostava de exibir com afetação feminina. Ele me confessou uma vez que gostava de colocar meio frasco de perfume francês no banho matinal, mas mesmo assim parecia especialmente mal-humorado ao levantar... Knight era excepcionalmente vaidoso, como a maioria dos autores modernistas. Uma ou duas vezes eu o peguei colando recortes, com toda certeza críticas referentes a seus livros, em um belo e caro álbum que guardava trancado em sua mesa, sentindo talvez um certo constrangimento em deixar meu olhar crítico considerar o fruto de sua fraqueza humana... Ele ia ao estrangeiro com frequência, duas vezes por ano, eu acho, provavelmente para a Bela Paris... Mas era muito misterioso a respeito e fazia grande demonstração de sua languidez byrônica. Não consigo evitar a sensação de que as viagens ao Continente faziam parte de seu programa artístico... ele era o perfeito 'poseur'."

Mas onde o sr. Goodman fica realmente eloquente é quando começa a discursar sobre assuntos mais profundos. Sua ideia é mostrar e explicar a "fatal divisão entre Knight, o artista, e o grande mundo a estrondear em torno dele" — (uma fissura circular, obviamente). "A inadequação de Knight foi o que acabou com ele", exclama Goodman, e bate três pontinhos. "O orgulho é um pecado capital numa era em que uma humanidade perplexa se volta ansiosa para seus escritores e pensadores, e pede deles atenção para, se não a cura de, suas tristezas e mágoas... A 'torre de marfim' não pode ser tolerada a menos que se transforme num farol ou numa estação de transmissão de rádio... Em uma tal era... transbordante de problemas candentes em que... a depressão econômica... despreza... engana... o homem das ruas... o crescimento do totalitarismo... o desemprego... a próxima supergrande guerra... novos aspectos da vida familiar... sexo... estrutura do universo." Os interesses do sr. Goodman são amplos, como vemos. "Ora, Knight", prossegue ele, "recusava absolutamente manifestar qualquer interesse por questões contemporâneas... Quando solicitado a juntar-se a este ou àquele movimento, a participar de alguma reunião importante, ou meramente colocar sua assinatura, entre nomes mais famosos, em algum manifesto de imorredoura verdade ou denúncia de grande iniquidade... ele recusava de imediato, apesar de minhas advertências e mesmo pedidos... Verdade, em seu último (e mais obscuro) livro, ele efetivamente avalia o mundo... mas o ângulo que escolhe e os aspectos que observa são totalmente diferentes daqueles que um leitor sério naturalmente espera de um autor sério... É como se, com elaborados circunlóquios, se mostrasse a um consciencioso investigador da vida e da mecânica de alguma grande empresa uma abelha morta no batente de uma janela... Sempre que eu chamava sua atenção para este ou aquele livro recém-publicado que havia me fascinado porque era de interesse geral e vital, ele respondia infantilmente que era 'enganação' ou fazia alguma outra observação completamente irrelevante... Ele confundia *solitude*, 'solidão', com *altitude*, 'altitude', e a palavra latina para 'sol'. Não conseguia perceber que era apenas um canto escuro... Porém, como era hipersensível (me lembro como sempre estremecia quando eu puxava os dedos para estalar as juntas — um mau hábito que tenho quando estou meditando), não conseguia deixar de sentir que alguma coisa estava errada... que ele estava constantemente se afastando da Vida... e que o interruptor não funcionaria em seu solário. A depressão que começara como reação de um jovem empenhado ao mundo rude em que sua juventude temperamental fora lançada, e que mais tarde continuaria a ser mostrada como uma máscara elegante na época de seu sucesso como escritor, assumia agora uma realidade nova e horrenda. A placa que enfeitava seu peito não dizia mais 'sou um artista solitário'; dedos invisíveis a tinham trocado para 'sou cego'".

Seria um insulto à perspicácia do leitor comentar a loquacidade do sr. Goodman. Se Sebastian era cego, o secretário dele, em todo caso, mergulhava vorazmente no papel de líder feroz e impositivo. Roy Carswell, que em 1933 estava pintando o retrato de Sebastian, me disse que lembrava ter rolado de rir com o que Sebastian contava de sua relação com o sr. Goodman. Muito possivelmente, ele nunca teria energia suficiente para se livrar desse sujeito pretensioso se este último não tivesse se tornado um pouquinho empreendedor demais. Em 1934, Sebastian escreveu de Cannes para Roy Carswell contando que havia descoberto por acaso (ele raramente relia os próprios livros) que Goodman tinha mudado um apelido na edição Swan de *A montanha engraçada*. "Mandei Goodman embora", ele acrescentou. O sr. Goodman modestamente evita mencionar esse pequeno detalhe. Depois de esgotar seu estoque de impressões e concluir que a verdadeira causa da morte de Sebastian foi o entendimento final de que era "um fracasso humano e portanto também artístico", ele alegremente menciona que seu trabalho como secretário terminou porque ele entrou para outro ramo de negócios. Não farei mais referências ao livro de Goodman. Está abolido.

Mas quando olho o retrato que Roy Carswell pintou, parece que vejo uma ligeira fagulha nos olhos de Sebastian, apesar de toda a tristeza de sua expressão. O pintor reproduziu maravilhosamente o úmido cinza-esverdeado escuro das íris, com uma borda ainda mais escura e uma sugestão de pó de ouro constelando a pupila. As pálpebras são pesadas e talvez um pouco inflamadas, e uma ou duas veias parecem ter estourado no brilhante globo ocular. Esses olhos e o rosto em si estão pintados de forma a dar a impressão de estarem espelhados em água clara, à maneira de Narciso — com uma ondulação muito ligeira na face magra, devido à presença de uma aranha-de-água que acaba de parar e está flutuando para trás. Uma folha seca pousou na testa refletida, que está franzida como a de um homem que olha intensamente. O cabelo escuro e cacheado acima dela está parcialmente desmanchado por outra ondulação, mas uma mecha na têmpora captou um brilho úmido de sol. Há uma ruga profunda entre as sobrancelhas retas, e outra descendo do nariz até os lábios tristes fechados com força. Não há muita coisa mais nessa cabeça. Uma sombra escura opalescente enevoa o pescoço, como se a parte superior do corpo estivesse recuando. O fundo geral é um azul misterioso com uma delicada treliça de ramos num canto. Assim, Sebastian olha a si mesmo numa poça.

"Eu queria insinuar uma mulher em algum ponto atrás ou acima dele — a sombra de uma mão, talvez... alguma coisa... mas tive medo de fazer uma narrativa em vez de uma pintura."

"Bom, parece que ninguém sabe nada a respeito dela. Nem mesmo Sheldon."

"Ela acabou com a vida dele, isso resume quem era, não?"

"Não, eu quero saber mais. Quero saber tudo. Senão ele vai ficar tão incompleto como no seu quadro. Ah, o quadro é muito bom, a semelhança é excelente e eu adoro imensamente aquela aranha flutuante. Principalmente a sombra de seus pés retos embaixo. Mas o rosto é apenas um reflexo fortuito. Qualquer homem pode olhar a água."

"Mas não acha que ele fez isso particularmente bem?"

"É, entendo sua posição. Mas mesmo assim tenho de encontrar essa mulher. Ela é o elo perdido da evolução dele, e tenho de conseguir essa mulher — é uma necessidade científica."

"Aposto este quadro que você não consegue encontrar a mulher", disse Roy Carswell.

13

A primeira coisa a fazer era descobrir a identidade dela. Como eu devia começar a minha busca? Que dados eu possuía? Em junho de 1929, Sebastian tinha ficado no Beaumont Hotel em Blauberg, e lá a conhecera. Ela era russa. Não havia nenhuma outra pista disponível.

Eu tenho a mesma aversão de Sebastian por fenômenos postais. Me parece mais fácil viajar mil e quinhentos quilômetros do que escrever uma mínima carta, depois encontrar o envelope, encontrar o endereço certo, comprar o selo certo, postar a carta (e vasculhar minha cabeça tentando lembrar se a assinei). Além disso, na delicada questão que eu estava por enfrentar, correspondência estava fora de questão. Em março de 1936, depois de ficar um mês em Londres, consultei uma agência de turismo e parti para Blauberg.

Então por aqui ele passou, refleti, olhando os campos molhados com longas trilhas de névoa branca onde álamos eretos flutuavam em penumbra. Uma cidade pequena de telhados vermelhos acocorada no sopé da montanha cinzenta e macia. Deixei minha mala no guarda-volumes da pequena estação desolada, onde gado invisível mugia tristemente em algum vagão num desvio, e subi a ligeira encosta na direção do amontoado de hotéis e sanatórios além do parque com cheiro de umidade. Havia muito pouca gente circulando, não era "o pico da estação", e de repente me dei conta, com angústia, de que podia encontrar o hotel fechado.

Mas não estava; até ali a sorte estava do meu lado.

A casa parecia bastante agradável com seu jardim bem cuidado e castanheiras brotando. Parecia não poder receber mais do que cinquenta pessoas — e isso me convinha: queria que minha escolha fosse restrita. O gerente do hotel era um homem grisalho com barba aparada e olhos pretos de veludo. Procedi com todo cuidado.

Primeiro disse que meu falecido irmão, Sebastian Knight, um celebrado escritor inglês, havia gostado muito de sua estada e que eu estava pensando em passar o verão no hotel. Talvez eu devesse ter ocupado um quarto, me introduzido, me insinuado, por assim dizer, protelando meu pedido especial até um momento mais favorável; mas de alguma forma achei que o assunto podia ser resolvido na hora. Ele disse que sim, lembrava-se do inglês que tinha ficado ali em 1929 e que queria tomar banho toda manhã.

"Ele não fazia amigos com facilidade, fazia?", perguntei com falsa displicência. "Estava sempre sozinho?"

"Ah, acho que ele esteve aqui com o pai", disse o gerente do hotel, vagamente.

Batalhamos durante algum tempo, desembaraçando os três ou quatro ingleses que tinham ficado no Hotel Beaumont durante os últimos dez anos. Vi que ele não se lembrava de Sebastian com nenhuma clareza.

"Vamos falar francamente", eu disse, inesperadamente, "estou tentando encontrar o endereço de uma moça, amiga de meu irmão, que se hospedou aqui na mesma época que ele".

O gerente do hotel levantou ligeiramente as sobrancelhas, e eu tive a incômoda sensação de que tinha cometido um erro.

"Por quê?", ele perguntou. ("Será que eu devia lhe dar uma gorjeta?", perguntei depressa a mim mesmo.)

"Bom", eu disse, "estou pronto a pagar ao senhor pelo trabalho de encontrar a informação de que preciso".

"Qual informação?", ele perguntou. (Era um sujeito estúpido e desconfiado — espero que nunca leia estas linhas.)

"Eu estava pensando", continuei pacientemente, "se o senhor me faria a grande gentileza de encontrar o endereço de uma moça que se hospedou aqui ao mesmo tempo que o sr. Knight, isto é, em junho de 1929?".

"Qual moça?", ele perguntou, com o tom socrático da lagarta de Lewis Carroll.

"Não tenho certeza do nome dela", respondi, nervoso.

"Então como espera que eu encontre a moça?", ele disse, com um encolher de ombros.

"Ela era russa", falei. "Talvez se lembre de uma moça russa — *jovem* — e, bom... bonita?"

"*Nous avons eu beaucoup de jolies dames*", ele respondeu, ficando mais e mais distante. "Como poderia me lembrar?"

"Bom", eu disse, "o jeito mais simples seria dar uma olhada nos seus livros e separar os nomes russos de junho de 1929".

"Com certeza haverá vários", disse ele. "Como o senhor vai identificar qual precisa, se é que sabe?"

"Me dê os nomes e endereços", eu disse, desesperado, "e deixe o resto comigo".

Ele deu um profundo suspiro e sacudiu a cabeça.

"Não", disse.

"Quer dizer que o senhor não mantém livros de registro?", perguntei, tentando falar baixo.

"Ah, mantemos, sim", disse ele. "Meu trabalho exige muita ordem nessas questões. Ah, sim, eu tenho nomes, sim, senhor..."

Ele se afastou para os fundos da sala e pegou um grande volume preto.

"Aqui está", disse ele. "Primeira semana de julho de 1935... Professor Ott com esposa, coronel Samain..."

"Olhe aqui", falei, "não estou interessado em julho de 1935. O que eu quero...". Ele fechou o livro e o levou de volta.

"Só queria mostrar ao senhor", disse ele, de costas para mim... "mostrar ao senhor [uma fechadura clicou] que mantenho os livros muito em ordem".

Voltou à sua mesa e dobrou a carta que estava em cima do mata-borrão.

"Verão de 1929", pedi. "Por que não quer me mostrar as páginas que eu quero?"

"Bom", disse ele, "o assunto está encerrado. Primeiro, porque eu não quero que uma pessoa que é um completo estranho para mim vá incomodar pessoas que foram ou serão meus clientes. Segundo, porque não consigo entender por que o senhor quer tanto encontrar uma mulher cujo nome não quer dizer. E terceiro — não quero me envolver em nenhum problema. Já tenho problemas suficientes. No hotel ali na esquina um casal suíço se suicidou em 1929", acrescentou, com bastante irrelevância.

"É a sua última palavra?", perguntei.

Ele fez que sim e olhou o relógio. Virei nos calcanhares e bati a porta ao sair — pelo menos tentei bater — era uma daquelas confusas portas pneumáticas que resistem.

Voltei devagar para a estação. O parque. Talvez Sebastian se lembrasse daquele banco particular debaixo do cedro na hora em que estava morrendo. O contorno daquela montanha ao longe pode ter sido o floreio de uma certa noite inesquecível. Todo o lugar me parecia uma imensa pilha de detritos onde eu sabia que uma joia escura se perdera. Meu fracasso era absurdo, horrível, torturante. A plúmbea morosidade de um empenho de sonho. Um desesperado agarrar-se entre coisas a se dissolver. Por que o passado era tão rebelde?

"E o que eu faço agora?" O fluxo da biografia que eu tanto queria começar estava, pelo menos em suas últimas curvas, envolto em pálida névoa; como o vale que eu contemplava. Será que eu podia deixar as coisas assim e escrever o livro do mesmo jeito? Um livro com um ponto cego. Um quadro inacabado — membros sem cor do mártir com as flechas no torso.

Eu tinha a sensação de estar perdido, de não ter para onde ir. Eu havia ponderado tanto sobre o meio de descobrir o último amor de Sebastian que sabia não haver outro jeito de descobrir o nome dela. O nome dela! Eu sentia que seria capaz de reconhecê-lo de imediato se pudesse checar aqueles sebosos livros pretos. Será que devia desistir e me voltar à coleta de alguns outros pequenos detalhes referentes a Sebastian de que eu ainda precisava e que sabia onde obter?

Foi nesse confuso estado de espírito que subi no lento trem local que me levaria de volta para Estrasburgo. Depois, eu iria para a Suíça, talvez... Mas não, eu não conseguia superar o doloroso tinir do meu fracasso; por mais que tentasse me enterrar em um jornal inglês que tinha comigo: eu estava treinando, por assim dizer, falando só inglês em vista do trabalho que estava para começar... Mas seria possível começar alguma coisa que está tão incompleta na própria cabeça?

Eu estava sozinho em meu compartimento (como se ficava em geral num vagão de segunda classe naquele tipo de trem), mas então, na estação seguinte, um homenzinho de sobrancelhas hirsutas entrou, me cumprimentou à maneira continental, num denso francês gutural, e sentou-se à minha frente. O trem continuou seu caminho, direto para o pôr do sol. De repente, notei que o passageiro à minha frente me dava um grande sorriso.

"Lindo dia", disse ele e tirou o chapéu-coco, revelando uma cabeça careca rosada. "O senhorr inglês?", perguntou, balançando a cabeça e sorrindo.

"Bom, sou, por enquanto", respondi.

"Eu vejo, está vendo que senhorr lê djornal inglês", disse ele, apontando com o dedo... e depois despindo apressadamente a luva cor de mel e apontando de novo (talvez tivesse aprendido que era rude apontar com um indicador enluvado). Murmurei qualquer coisa e olhei para outro lado: não gosto de conversa de trem e naquele momento eu estava particularmente sem vontade de falar. Ele acompanhou meu olhar. O sol baixo tinha incendiado numerosas janelas de um prédio grande que girava devagar, revelando uma imensa chaminé, depois outra, à medida que o trem seguia.

"Esse", falou o homenzinho, "é 'Flambaum e Roth', grrande fábrrica, indústrria. Papel".

Houve uma pequena pausa. Ele coçou o nariz grande e brilhante e inclinou-se para mim.

"Eu djá esteve", disse ele, "no Londrres, Manchester, Sheffield, Newcastle". Olhou o polegar que não entrou na conta.

"É", disse ele. "Negócio brrinquedos. Antes do guerra. E eu djogava um pouco futbol", acrescentou, talvez porque notou que eu olhei para um campo rústico com duas traves de gol largadas nos extremos — uma das duas tinha perdido a trave superior.

Ele piscou; o bigodinho espetou-se.

"Uma vez, sabe", disse ele, sacudido por uma risada silenciosa, "uma vez, sabe, eu joga, jogou o bola do 'forra' direto na gol".

"Ah", eu disse, cansado, "e marcou?".

"Vento que marcou. Esse foi um *robinsonada*!"

"Um o quê?"

"Um *robinsonada* — um truque marravilhoso. É. ... Senhorr viadja londge?", ele perguntou com uma voz superpolida e lisonjeira.

"Bom", respondi, "este trem não vai além de Estrasburgo, vai?".

"Non. Eu fala, está falando no dgerral. Senhorr viadjante?"

Eu disse que sim.

"De quê?", ele perguntou, inclinando de lado a cabeça.

"Ah, do passado, acho", repliquei.

Ele balançou a cabeça como se entendesse. Então, inclinando-se na minha direção, tocou meu joelho e disse: "Agora eu vende courro, sabe, bolas do courro, para outrros djoga. Velho! Non tem mais forrça! Também focinheirras, esses coisas."

Novamente tocou de leve meu joelho. "Mas antes", disse ele, "ano passado, quatrro anos faz, eu erra do polícia — non, non, non antes, non esse... Paisana. Entende?".

Olhei para ele com súbito interesse.

"Espere um pouco", eu disse, "isso me dá uma ideia...".

"Sim", disse ele, "senhorr precisa adjuda, courro bom, *cigarette-etuis*, correias, conselhos, luvas do boxe...".

"O quinto, e talvez o primeiro", eu disse.

Ele pegou o chapéu-coco que estava no banco a seu lado, pôs na cabeça cuidadosamente (o pomo de adão subindo e descendo), e então, com um sorriso brilhante, tirou o chapéu para mim.

"Meu nome é Silbermann", disse, e estendeu a mão. Apertei sua mão e disse meu nome também.

"Mas esse non inglês", ele gritou, dando um tapa no joelho. "Esse russo! *Gavrit parussky?* Eu sabe também outrras palavrras... Esperra! É! *Cukolkah* — o bonequinha."

Ele ficou quieto um minuto. Eu rodava na cabeça a ideia que ele tinha me dado. Será que eu devia procurar uma agência de detetive particular? Será que aquele homenzinho mesmo podia me ser útil?

"*Rebah!*", ele gritou. "Tem outrra. Difícil, non? e... Isso. *Braht, mili braht* — querrida irrmon."

"Eu estava pensando", falei, "que talvez, se eu contasse para o senhor o mau momento em que estou...".

"Mas só isso", ele disse, com um suspiro. "Eu fala (de novo os dedos foram contados) lituano, alemon, inglês, francês (e novamente sobrou o polegar). Russo eu esqueceu. Antes! Tuda!"

"Talvez o senhor pudesse...", comecei.

"Qualquerr coisa", disse ele. "Correias do courro, bolsas, caderrnos, sudgestons."

"Sugestões", eu disse. "Sabe, estou tentando localizar uma pessoa... uma moça russa que eu não conheço, e cujo nome não sei. Tudo o que sei foi que ela viveu durante algum tempo em um certo hotel em Blauberg."

"Ah, bom cidade", disse o sr. Silbermann, "muito bom" — e fez como se retorcesse os cantos da boca em grave aprovação. "Água boa, passeios, cassino. Que senhorr querr que eu faz?"

"Bom", eu disse, "eu gostaria de saber o que se *pode* fazer num caso desses".

"Melhorr esquece moça", disse o sr. Silbermann prontamente.

Depois lançou a cabeça para a frente e as sobrancelhas hirsutas se mexeram.

"Esqueça dela", disse. "Tira do seu cabeça. É perigoso e non adianta nada." Ele espanou alguma coisa do joelho da minha calça, balançou a cabeça e recostou em seu banco.

"Não é isso que interessa", falei. "A questão é como, não por quê."

"Todo como tem seu porrquê", disse o sr. Silbermann. "Senhorr encontrra, encontrrou o imadgem, o fotogrrafia dela e agora querr encontrarr ela mesma o senhorr mesmo? Esse non é amorr. Ppah! Superrficial!"

"Ah, não", eu gritei, "não é nada disso. Não faço a menor ideia de como ela é. Mas, sabe, meu irmão falecido amava essa mulher e eu quero que ela me fale dele. Na verdade, é bem simples".

"Trriste!", disse o sr. Silbermann e sacudiu a cabeça.

"Eu quero escrever um livro sobre ele", continuei, "e cada detalhe da sua vida me interessa".

"Ele estava doente?", perguntou o sr. Silbermann com voz rouca.

"Coração", respondi.

"Corraçon — esse ruim, Muitos avisos, muitos... gerral... gerral..."

"Ensaios gerais da morte. Isso mesmo."

"É. Quantos anos?"

"Trinta e seis. Ele escrevia livros, com o sobrenome da mãe. Knight. Sebastian Knight."

"Escrreve aqui", disse o sr. Silbermann estendendo para mim um caderno excepcionalmente bonito, com um adorável lápis de prata dentro. Com um som de trk-trk-trk ele arrancou a página aplicadamente, colocou no bolso e me estendeu o caderno outra vez.

"Gostou, não?", disse com um sorriso ansioso. "Perrmita pequeno prresente."

"Realmente", falei, "é muita gentileza...".

"Nada, nada", disse ele, sacudindo a mão. "Agorra o que senhorr querr?"

"Eu quero", repliquei, "encontrar uma lista completa de todas as pessoas que ficaram no Hotel Beaumont durante o mês de junho de 1929. Quero também detalhes de quem são, as mulheres, pelo menos. Quero o endereço delas. Quero ter certeza de que por trás de um nome estrangeiro não está alguma russa. Então posso escolher a mais provável ou as mais prováveis e...".

"E tentarr encontra elas", disse o sr. Silbermann, balançando a cabeça. "Bom! Muito bom! Eu tem, eu tenho cavalheirros do hotel todos aqui [ele mostrou a palma da mão] e vai serr fácil. Seu endereço, porr favorr."

Ele tirou outro caderno, dessa vez um muito usado, com algumas folhas escritas caindo para fora como folhas de outono. Eu acrescentei que não sairia de Estrasburgo enquanto ele não me procurasse.

"Sexta-feirra", disse ele. "Às seis, em ponto."

Então o extraordinário homenzinho afundou de volta em seu banco, cruzou os braços e fechou os olhos, como se o negócio acertado tivesse encerrado definitivamente a nossa conversa. Uma mosca inspecionou sua têmpora careca, mas ele não se mexeu. Cochilou até Estrasburgo. Lá nos despedimos.

"Olhe aqui", eu disse quando apertamos as mãos. "Tem de me falar dos seus honorários... Quer dizer, estou disposto a pagar o que o senhor achar adequado... E talvez o senhor queira alguma coisa adiantada..."

"Senhorr me manda seu livrro", disse, levantando um dedo curto. "E paga possíveis despesas", acrescentou baixinho. "Com cerrteza!"

14

Então foi dessa forma que consegui uma lista de uns quarenta e dois nomes, entre os quais o de Sebastian (S. Knight, Oak Park Grdns., 36, Londres S.W.) parecia estranhamente querido e deslocado. Fiquei bastante surpreso (agradavelmente) pelo fato de todos os endereços também estarem ali, ao lado dos nomes: Silbermann explicou apressadamente que as pessoas muitas vezes morriam em Blauberg. De quarenta e uma pessoas desconhecidas, trinta e sete "não vinham ao caso", como disse o homenzinho. Verdade, três delas (mulheres solteiras) tinham nomes russos, mas duas eram alemãs e uma alsaciana: tinham ficado muitas vezes no hotel. Havia também uma moça um tanto intrigante, Vera Rasine; Silbermann, porém, sabia com certeza que ela era francesa; que, de fato, era uma dançarina e amante de um banqueiro de Estrasburgo. Havia também um casal polonês idoso que deixamos passar sem maiores cuidados. Todo o resto desse grupo que "não era o caso", isto é, trinta e uma pessoas, consistia em homens adultos; desses, apenas oito eram casados ou pelo menos tinham trazido as esposas (Emma, Hildegard, Pauline e assim por diante), todas as quais Silbermann jurava serem velhas, respeitáveis e eminentemente não russas.

Ficamos assim com quatro nomes:

Mademoiselle Lydia Bohemsky, com endereço em Paris. Ela passara nove dias no hotel no começo da estada de Sebastian e o gerente dissera não se lembrar de nada a seu respeito.

Madame de Rechnoy. Ela deixara o hotel em direção a Paris na noite da partida de Sebastian para essa mesma cidade. O gerente lembrava que era uma moça elegante e muito generosa com as gorjetas. O "de" indicava, eu sabia, um certo tipo de russos que gosta de acentuar sua aristocracia, embora na realidade o uso da *particule* francesa diante de um nome russo seja não só absurdo como ilegal. Ela podia ser uma aventureira; podia ser a esposa de um esnobe.

Helene Grinstein. O nome era judeu, mas apesar do "stein" não era judeu-alemão. O "i" de "grin", deslocando o "u" natural, apontava ter sido criada na Rússia. Ela chegara uma semana antes de Sebastian ir embora e ficara três dias mais. O gerente disse que era uma mulher bonita. Estivera no hotel uma vez antes e morava em Berlim.

Helene von Graun. Era um nome realmente alemão. Mas o gerente disse com certeza que diversas vezes durante sua estada ela havia cantado músicas em russo. Tinha uma esplêndida voz de contralto, ele disse, e era deslumbrante. Ficara um mês no total, partindo para Paris cinco dias antes de Sebastian.

Anotei meticulosamente todas essas particularidades e os quatro endereços. Qualquer um desses quatro poderia se revelar o que eu queria. Agradeci calorosamente ao sr. Silbermann sentado à minha frente com o chapéu sobre os joelhos juntos. Ele suspirou e olhou a ponta de suas botinhas adornadas com velhas polainas cinza-camundongo.

"Eu fez isso", ele disse, "porrque o senhorr é parra mim simpático. Mas... [olhou para mim com um brando apelo nos brilhantes olhos castanhos] mas porr favorr, eu acha que non adianta nada. Non dá parra verr o outrro lado do lua. Porr favorr non prrocurra o mulher. O que passou passou. Ela non lembrra seu irrmon."

"Vou ter muito prazer em fazer com que se lembre", eu disse, duro.

"Como quiserr", ele sussurrou, endireitando os ombros e abotoando o casaco. Levantou-se. "Bom viadgem", disse, com seu sorriso usual.

"Ah, espere um pouco, sr. Silbermann, temos de acertar uma coisa. Quanto lhe devo?"

"É, está cerrto", ele disse, sentando-se outra vez. "Momento." Desrosqueou a tampa da caneta-tinteiro, rabiscou uns números, olhou para eles batendo com a tampa nos dentes: "Sim, sessenta e oito frrancos."

"Bom, não é muito", eu disse, "o senhor talvez...".

"Esperre", gritou ele, "non é verrdade. Eu esquece... senhorr ainda tem o caderrno que eu deu, non tem?".

"Ora, tenho", eu disse, "na verdade, já está em uso. O senhor sabe... eu pensei que...".

"Enton non sessenta e oito", ele disse, revisando rapidamente a soma. "É... É só dezoito, porque caderrno custa cinquenta. Dezoito francos total. Despesa do viadgem..."

"Mas", eu disse, um tanto espantado com sua aritmética...

"Non, está tudo cerrto", falou o sr. Silbermann.

Encontrei uma moeda de vinte francos quando na verdade pagaria com prazer cem vezes mais, se ele aceitasse.

"Enton", disse ele, "eu agorra deve para senhorr... É, isso mesmo. Dezoito e dois, vinte." Franziu as sobrancelhas. "É, vinte. É seu." Ele colocou a moeda sobre a mesa e se foi.

Eu me pergunto como mandar para ele este livro quando estiver terminado: o homenzinho engraçado não me deu seu endereço e minha cabeça estava muito cheia de outras coisas para perguntar. Mas se algum dia ele cruzar com *A verdadeira vida de Sebastian Knight*, eu quero que saiba o quanto sou grato por sua ajuda. E pelo caderno. Está inteiramente usado agora e vou prender nele algumas páginas mais quando essas estiverem cheias.

Depois que o sr. Silbermann foi embora, estudei demoradamente os quatro endereços que ele tão magicamente conseguiu para mim e resolvi começar pelo de Berlim. Se isso se mostrasse uma decepção, eu poderia me agarrar ao trio de possibilidades de Paris sem ter de fazer mais uma viagem longa, uma viagem ainda mais enervante porque eu então saberia com certeza que estava jogando minha última cartada. Se, ao contrário, minha primeira tentativa desse sorte, então... Mas então... O destino recompensou fartamente minha decisão.

Grandes flocos de neve úmida caíam em diagonal pela Passauer Strasse em Berlim Ocidental quando fui chegando a uma feia casa velha, a fachada meio escondida em uma máscara de andaimes. Bati no vidro da janela do porteiro, uma cortina de musselina foi afastada asperamente, uma janelinha se abriu com ruído e uma velha desleixada me informou, mal-humorada, que *Frau* Helene Grinstein morava, sim, na casa. Senti um estranho arrepio de estímulo e subi a escada. "Grinstein", dizia uma placa de latão na porta.

Um menino silencioso, de gravata preta e rosto pálido e inchado me deixou entrar e, sem nem me perguntar meu nome, virou e sumiu no corredor. Havia uma multidão de casacos no cabide do hall minúsculo. Um buquê de crisântemos molhados de neve em cima da mesa entre duas cartolas solenes. Como parecia que não viria ninguém, bati numa das portas, depois abri-a e tornei a fechar. Vi de relance uma menina pequena de cabelo escuro, dormindo profundamente num divã, debaixo de um casaco de algodão felpudo. Fiquei um minuto parado no meio do hall. Enxuguei o rosto que ainda estava molhado de neve. Assoei o nariz. Depois me aventurei pelo corredor. Uma porta estava semiaberta e ouvi o som de vozes falando russo. Havia muita gente nas duas grandes salas ligadas por um arco. Um ou dois rostos se voltaram vagamente para mim quando entrei, mas fora isso minha entrada não despertou o menor interesse. Havia copos com chá pela metade em cima da mesa, e um prato com migalhas. Num canto, um homem estava lendo um jornal. Uma mulher de xale cinzento estava sentada à mesa com o rosto apoiado na mão e uma lágrima no pulso. Duas ou três outras pessoas estavam sentadas muito quietas num divã. Uma menininha bem parecida com a que eu vira dormindo acariciava um velho cachorro encolhido numa cadeira. Alguém começou a rir, resfolegar, ou algo assim na sala vizinha, onde havia mais gente sentada ou vagando. O menino que me recebera no hall passou com um copo de água e perguntei a ele, em russo, se eu podia falar com a sra. Helene Grinstein.

"Tia Elena", disse ele para as costas de uma mulher magra curvada sobre um velho encolhido numa poltrona. Ela veio até mim e me convidou a entrar numa saleta do outro lado do corredor. Era muito jovem e graciosa, com um pequeno rosto empoado e longos olhos macios que pareciam puxados para as têmporas. Usava uma malha preta e as mãos eram tão delicadas como o pescoço.

"*Kahk eto ujahsno...* não é horrível?", ela sussurrou.

Respondi de forma bem tola que eu temia ter ido visitá-la num momento inoportuno.

"Ah", disse ela, "eu achei que...". Olhou para mim. "Sente", disse, "eu achei que tinha visto o seu rosto agora há pouco no funeral... Não? Bom, sabe, meu cunhado morreu e... Não, não, pode sentar. Foi um dia horrível".

"Não quero incomodar", eu disse, "melhor eu ir embora... Eu só queria conversar com a senhora sobre um parente meu... que penso que conheceu... em Blauberg... mas não tem importância...".

"Blauberg? Estive lá duas vezes", disse ela, e seu rosto se retorceu quando o telefone começou a tocar em algum lugar.

"O nome dele era Sebastian Knight", falei, olhando para os lábios ternos sem batom que tremiam.

"Não, nunca ouvi esse nome", ela disse, "não".

"Ele era meio inglês", falei, "escrevia livros".

Ela sacudiu a cabeça e virou para a porta que tinha sido aberta pelo menino amuado, seu sobrinho.

"A Sonya vai chegar daqui a meia hora", ele disse. Ela assentiu com a cabeça e ele saiu.

"Na verdade, não conheci ninguém no hotel", ela continuou. Eu inclinei a cabeça e me desculpei outra vez.

"Mas como é o *seu* nome", ela perguntou, olhando para mim com olhos macios e apagados, que de alguma forma me lembraram Clare. "Acho que disse, mas hoje minha cabeça parece estar nas nuvens... *Ach*", ela falou quando contei meu nome. "Mas soa familiar. Não havia um homem com esse nome que foi morto num duelo em São Petersburgo? Ah, seu pai? Entendo. Espere um minuto. Alguém... outro dia mesmo... alguém estava lembrando do caso. Que engraçado... Sempre acontece assim, tudo junto. É... os Rosanov... Eles conheciam sua família e tudo..."

"Meu irmão tinha um colega de escola chamado Rosanov", eu disse.

"Vai encontrar os Rosanov na lista telefônica", ela continuou depressa, "sabe, eu não conheço muito bem a família e não vou ser capaz de procurar nada agora".

Ela foi chamada e eu saí sozinho para o hall. Lá encontrei um cavalheiro mais velho sentado pensativo em cima de meu sobretudo e fumando um charuto. De início, ele não entendeu direito o que eu queria, mas depois pediu desculpas efusivas.

De alguma forma, senti pena de não ser Helene Grinstein. Embora, evidentemente, ela não *pudesse* ser a mulher que deixou Sebastian tão arrasado. Moças do tipo dela não destroem a vida de um homem — constroem. Lá estava ela administrando uma casa que explodia de luto e achara possível atender os assuntos fantásticos de um completo e supérfluo estranho. E não só me ouvira, como tinha me dado uma indicação que eu segui de imediato, e embora as pessoas que procurei não tivessem nada a ver com Blauberg e a mulher desconhecida, recolhi uma das páginas mais preciosas da vida de Sebastian. Uma cabeça mais sistemática do que a minha a teria colocado no começo deste livro, mas a minha busca tinha desenvolvido sua própria mágica e lógica e embora eu às vezes não conseguisse deixar de acreditar que aos poucos ela havia se transformado num sonho, essa busca, usando um padrão de realidade para tecer seus próprios caprichos, sou forçado a reconhecer que eu estava bem orientado e que ao tentar narrar a vida de Sebastian eu tinha agora de seguir os mesmos entrelaçamentos rítmicos.

Parece ter havido uma lei de alguma estranha harmonia no fato de um encontro relativo ao primeiro amor adolescente de Sebastian colocar-se tão próximo das reverberações de seu último amor sombrio. Dois modos da vida dele questionam um ao outro e a resposta é a vida dele em si, e isso é o mais próximo a que se pode chegar de uma verdade humana. Ele tinha dezesseis anos e ela também. As luzes se apagam, a cortina sobe e revela uma paisagem russa de verão: a curva de um rio meio na sombra por causa dos escuros pinheiros que crescem numa íngreme margem de barro e com seus escuros reflexos profundos quase atingindo o outro lado, que é baixo, ensolarado e doce, com flores de pântano e tufos de grama prateada. Sebastian, a cabeça de cabelo curto sem chapéu, a blusa de seda larga ora pendurada das escápulas, ora do peito, dependendo de ele se curvar para a frente ou para trás, está remando com prazer um barco pintado de verde brilhante. Uma moça está sentada no leme, mas vamos deixá-la acromática: um mero contorno, uma forma branca não preenchida com cor pelo artista. Libélulas azul-marinho num lento voo saltitante passam para lá e para cá e pousam nas folhas planas das ninfeias. Nomes, datas e mesmo rostos foram lavrados no barro vermelho da margem íngreme e andorinhões entram e saem dos buracos que ali existem. Os dentes de Sebastian brilham. Então, quando ele dá uma parada e olha para trás, com um chiado sedoso o barco desliza para a corrente.

"Você é uma péssima timoneira", ele diz.

O quadro muda: outra curva do rio. Um caminho leva até a beira da água, para, hesita e vira a fim de circundar um banco rústico. Ainda não é bem o entardecer, mas o ar está dourado e mosquitinhos fazem uma dança nativa primitiva em um raio de sol entre folhas de álamo que estão muito quietas afinal, sem se lembrar de Judas.

Sebastian está sentado no banco e lendo em voz alta os versos de um caderno preto. Ele então para de repente: um pouco à esquerda, a cabeça de uma náiade de cabelo ruivo surge logo acima da água, recuando devagar, as longas madeixas flutuando atrás. Então o banhista nu emerge do lado oposto, assoa o nariz com a ajuda do polegar; é o padre da aldeia com seu cabelo comprido. Sebastian continua lendo para a moça a seu lado. O pintor ainda não preencheu o espaço em branco a não ser por um fino braço queimado de sol, o lado externo coberto do pulso ao cotovelo de uma pelugem cintilante.

Como no sonho de Byron, o quadro muda de novo. É noite. O céu está vivo de estrelas. Anos depois, Sebastian escreveu que olhar as estrelas lhe dava uma sensação de náusea, de enjoo, como, por exemplo, quando se olha as entranhas de um animal aberto. Mas, na época, essa ideia de Sebastian ainda não tinha sido expressa. Está muito escuro. Nada se discerne do que é provavelmente uma alameda no parque. Massa sombria sobre massa sombria e em algum lugar uma coruja piando. Um abismo de escuridão onde, de repente, um pequeno círculo esverdeado se ergue: o mostrador luminoso de um relógio de pulso. (Sebastian não gostava de relógio em seus anos mais maduros.)

"Tem de ir?", pergunta a voz dele.

Uma última mudança: um voo em forma de V de grous migrantes; o gemido terno deles se fundindo a um céu azul-turquesa alto sobre o bosque de bétulas amareladas. Sebastian, ainda não sozinho, está sentado no tronco branco e cinza de uma árvore derrubada. Sua bicicleta descansa, as varetas da roda brilhando entre as samambaias. Uma Camberwell Beauty passa flutuando no ar e pousa na base da árvore, abanando as asas veludosas. De volta à cidade amanhã, a escola começa na segunda-feira.

"Tudo acabado? Por que você diz que não vamos mais nos ver este inverno?", ele pergunta pela segunda ou terceira vez. Nenhuma resposta. "É verdade que você acha que está apaixonada por aquele colega de escola? — *vetovo studenta?*" A forma da moça sentada continua em branco a não ser pelo braço e uma fina mão morena brincando com uma bomba da bicicleta. Com a ponta do punho ela escreve devagar na terra macia a palavra *yes*, em inglês, para deixar menos duro.

Desce a cortina. Sim, isso é tudo. É muito pouco, mas é comovente. Nunca mais ele pergunta ao rapaz que senta diariamente na carteira vizinha: "E como vai sua irmã?" Nem perguntará jamais à velha srta. Forbes, que ainda aparece de vez em quando, sobre a mocinha a quem ela também dava aula. E como ele vai pisar de novo os mesmos caminhos no próximo verão e olhar o pôr do sol e andar de bicicleta junto ao rio? (Mas o verão seguinte foi dedicado principalmente ao poeta futurista Pan.)

Por uma conjunção de circunstâncias fortuitas, foi o irmão de Natasha Rosanov quem me levou à estação de Charlottenburg para pegar o expresso para Paris. Comentei como tinha sido curioso conversar com a irmã dele, agora uma gorda mamãe de dois meninos, sobre um verão distante na terra de sonhos da Rússia. Ele respondeu que estava absolutamente satisfeito com seu trabalho em Berlim. Tentei, como já havia tentado inutilmente antes, fazê-lo falar da vida escolar de Sebastian. "Minha memória é horrivelmente ruim", ele replicou, "e de qualquer forma eu ando ocupado demais para ser sentimental sobre coisas assim tão comuns".

"Ah, mas claro, claro", eu disse, "você pode lembrar de algum pequeno caso fora do comum, qualquer coisa seria bem-vinda...". Ele riu. "Bom", disse, "você não acabou de passar horas conversando com minha irmã? Ela adora o passado, não adora? Ela disse que você vai colocá-la no livro do jeito que ela era naquela época, ela está esperando muito isso, na verdade".

"Por favor, tente se lembrar de alguma coisa", insisti, teimoso.

"Estou dizendo que não lembro de nada, seu esquisito. Não adianta, não adianta nada. Não tem nada, a não ser as porcarias de sempre sobre baralhos, estudos e botar apelido nos professores. A gente se divertia, acho... Mas sabe, seu irmão... como é que eu posso dizer?... seu irmão não era muito popular na escola..."

15

Como o leitor deve ter notado, procurei pôr neste livro o mínimo possível de mim mesmo. Tentei não aludir (embora uma menção aqui e ali pudesse ter tornado um pouco mais claro o pano de fundo de minha pesquisa) às circunstâncias de minha vida. Então nesta altura da minha história não vou me deter em certas dificuldades de negócios que experimentei ao chegar a Paris, onde tinha residência mais ou menos permanente; não tinham nenhuma relação com minha busca e, se menciono isso de passagem, é apenas para sublinhar o fato de que eu estava tão envolvido na tentativa de descobrir o último amor de Sebastian que alegremente descartei qualquer problema pessoal que pudesse surgir por causa de minhas férias tão prolongadas.

Não me arrependo de ter começado com a pista de Berlim. Ela me levou ao menos a obter um vislumbre inesperado de outro capítulo do passado de Sebastian. E agora um nome estava apagado e eu tinha mais três chances diante de mim. A lista telefônica de Paris informava que "Graun (von), Helene" e "Rechnoy, Paul" (o "de", notei, estava ausente) correspondiam aos endereços que eu possuía. A perspectiva de encontrar um marido era desagradável, mas inevitável. A primeira senhora, Lydia Bohemsky, era ignorada em ambas as listas, ou seja, a lista telefônica e aquela outra obra-prima Bottin, na qual os endereços são agrupados de acordo com as ruas. De qualquer modo, o endereço que eu tinha podia me ajudar a chegar até ela. Eu conhecia bem Paris, de forma que vi logo a sequência que mais economizaria tempo para fazer meus contatos se quisesse realizar todos em um só dia. Deixem-me acrescentar, no caso de o leitor se surpreender com a aspereza e a rapidez do meu estilo de agir, que não gosto de telefonar, assim como não gosto de escrever cartas.

A porta em que bati foi aberta por um homem magro, alto, despenteado, em mangas de camisa e com um botão de latão no pescoço sem colarinho. Estava com uma peça de xadrez — um cavalo preto — na mão. Eu o cumprimentei em russo.

"Entre, entre", ele disse, alegremente, como se estivesse me esperando.

"Meu nome é tal e tal", falei.

"E o meu", disse ele, "é Pahl Pahlich Rechnoy" — e deu uma risada grave e cheia como se fosse uma boa piada. "Por favor", disse ele, apontando com a peça de xadrez para uma porta aberta.

Fui conduzido a uma sala modesta, uma máquina de costura num canto e um vago cheiro de fitas e tecido no ar. Um homem de constituição pesada estava sentado a uma mesa na qual estava aberto um tabuleiro de xadrez de oleado, com peças grandes demais para as casas. Ele olhou de soslaio para elas enquanto a piteira vazia no canto da boca olhava para o outro lado. Um lindo meninozinho de uns quatro ou cinco anos estava ajoelhado no chão, cercado de carrinhos minúsculos. Pahl Pahlich bateu o cavalo preto na mesa e a cabeça da peça saiu. O Preto a parafusou de volta cuidadosamente.

"Sente", disse Pahl Pahlich. "Este é meu primo", acrescentou. O Preto cumprimentou com a cabeça. Eu me sentei na terceira (e última) cadeira. O menino veio até mim e mostrou silenciosamente seu novo lápis vermelho e azul.

"Eu podia tomar sua torre agora, se eu quisesse", disse o Preto, ameaçador, "mas tenho um lance muito melhor".

Levantou a rainha e delicadamente cravou-a no meio de um bando de peões amarelados — um dos quais era representado por um dedal.

Pahl Pahlich num golpe rápido tomou a rainha com seu bispo. E rolou de rir.

"E agora", disse o Preto, calmo, enquanto o Branco parava de rir, "agora você está frito. Xeque, meu pombinho".

Enquanto eles discutiam a posição, com o Branco tentando voltar atrás o seu lance, olhei a sala. Notei o retrato do que havia sido no passado uma Família Imperial. E o bigode de um famoso general, trucidado poucos anos antes. Notei também as molas saltadas do sofá marrom-inseto, que servia, senti, como cama tripla — para marido, mulher e filho. Durante um minuto, o objetivo de minha visita me pareceu absurdamente louco. De alguma forma também, me lembrei do ciclo de loucas visitas de Chichikov em *Almas mortas*, de Gógol. O menininho estava desenhando um carrinho para mim.

"Estou às suas ordens", disse Pahl Pahlich (vi que ele tinha perdido e o Preto estava guardando as peças de volta numa velha caixa de papelão — todas exceto o dedal). Eu disse o que tinha preparado cuidadosamente antes: especificamente que eu queria falar com a esposa dele, porque ela havia sido amiga de alguns... bem, amigos meus alemães. (Tive medo de mencionar o nome de Sebastian cedo demais.)

"Então vai ter de esperar um pouco", disse Pahl Pahlich. "Ela está ocupada na cidade, sabe. Acho que deve voltar dentro de um momento."

Eu resolvi esperar, embora sentisse que naquele dia dificilmente conseguiria ficar a sós com a mulher dele. Eu esperava, porém, que um pequeno interrogatório hábil pudesse determinar de imediato se ela havia conhecido Sebastian; depois, aos pouquinhos, eu podia fazê-la falar.

"Enquanto isso", disse Pahl Pahlich, "podemos entornar um conhaquinho — *cognachku*".

O menino, vendo que já tinha me interessado o suficiente por seus desenhos, foi até o tio, que imediatamente o pôs sobre os joelhos e passou a desenhar com incrível rapidez e muito lindamente um carro de corrida.

"Você é um artista", eu disse — para dizer alguma coisa.

Pahl Pahlich, que estava lavando os copos na cozinha minúscula, riu e gritou por cima do ombro: "Ah, ele é um gênio total. Toca violino de cabeça para baixo, sabe multiplicar números de telefone um pelo outro em três segundos e sabe escrever o nome dele de cabeça para baixo com a caligrafia normal."

"E sabe dirigir táxi", disse o menino, balançando as pernas finas e sujas.

"Não, não vou beber com vocês", disse o tio Preto, quando Pahl Pahlich pôs os copos na mesa. "Acho que vou levar o menino para dar um passeio. Cadê as coisas dele?"

Encontraram o casaco do menino e o Preto saiu com ele. Pahl Pahlich serviu o conhaque e disse: "O senhor me desculpe estes copos. Eu era rico na Rússia e fiquei rico de novo na Bélgica dez anos atrás, mas depois quebrei. À nossa."

"Sua mulher costura?", perguntei, para manter a bola em jogo.

"Ah, costura, ela estudou corte e costura", disse ele com uma risada alegre. "E eu sou tipógrafo, mas acabei de perder o emprego. Ela deve estar voltando daqui a pouco. Não vejo como ela possa ter amigos alemães", ele acrescentou.

"Eu acho", falei, "que se conheceram na Alemanha, ou será que foi na Alsácia?". Ele estava enchendo de novo seu copo animadamente, mas de repente parou e olhou para mim de boca aberta.

"Acho que deve haver algum engano", exclamou. "Deve ter sido a minha primeira mulher. Varvara Mitrofanna nunca saiu de Paris — a não ser para a Rússia, claro —, ela veio para cá de Sebastopol, via Marselha." Ele enxugou o copo e começou a rir. "Essa é boa", disse, me olhando com curiosidade. "Eu conheço o senhor? Conhece pessoalmente minha primeira mulher?"

Sacudi a cabeça que não.

"Então está com sorte", gritou ele. "Muita sorte. E os seus amigos alemães mandaram o senhor numa busca perdida porque não vão encontrar ela nunca."

"Por quê?", perguntei, mais e mais interessado.

"Porque assim que nós nos separamos, e isso foi anos atrás, eu perdi contato com ela definitivamente. Alguém viu minha primeira mulher em Roma, outro viu na Suécia... mas eu não sei, não. Ela pode estar aqui e pode estar no inferno. Não me importa."

"E o senhor pode sugerir algum jeito de eu encontrar sua primeira mulher?"

"Nenhum", ele respondeu.

"Amigos comuns?"

"Os amigos eram *dela*, não meus", ele respondeu com um estremecimento.

"Não tem uma foto dela, alguma coisa?"

"Olhe aqui", disse ele, "o que o senhor está querendo? A polícia está atrás dela? Porque, sabe, eu não ia me surpreender se ela fosse uma espiã internacional. Mata Hari! Ela é desse tipo. Ah, é mesmo. E aí... Bom, não é uma mulher que a gente esquece depois que foi contaminado. Ela sugou tudo de mim e de mais de um jeito. Meu dinheiro e minha alma, por exemplo. Eu devia ter matado ela... se não fosse o Anatole."

"E quem é ele?", perguntei.

"Anatole? Ah, é o carrasco. O homem da guilhotina aqui. Então, o senhor não é da polícia, afinal. Não? Bom, é assunto seu, então. Mas realmente ela me deixou louco. A gente se conheceu, sabe, em Ostende, deve ter sido, deixe eu ver, em 1927 — ela tinha então vinte anos, não, nem vinte. Eu sabia que ela era amante de outro sujeito e tudo, mas nem liguei. A ideia que ela fazia da vida era beber coquetel, comer um bom jantar às quatro da manhã, dançar o *shimmy* ou seja lá como chamava, visitar bordéis porque era moda entre os esnobes parisienses, comprar roupas caras, armar confusão nos hotéis quando achava que a criada tinha roubado o troco que ela depois encontrava no banheiro... Ah, e o resto todo — coisa que o senhor encontra em qualquer romance barato, ela é um tipo, um tipo. E adorava inventar doenças raras e ir para algum spa famoso e..."

"Espere um pouco", eu disse. "Isso me interessa. Em junho de 1929 ela estava sozinha em Blauberg."

"Exatamente, mas isso foi já bem no fim do nosso casamento. A gente morava em Paris na época e logo depois nos separamos, e eu trabalhei um ano numa fábrica em Lyon. A gente rompeu, sabe."

"O senhor está me dizendo que ela conheceu algum homem em Blauberg?"

"Não, isso eu não sei. Sabe, não acho que ela fosse realmente muito longe me enganando, não mesmo, sabe, não até o fim — pelo menos eu tentava pensar assim, porque tinha uma porção de homens em volta dela, e ela não ligava de ganhar uns beijos deles, acho, mas eu teria ficado louco se ficasse pensando nisso. Uma vez, eu me lembro..."

"Desculpe", interrompi de novo, "mas tem certeza absoluta de que nunca ouviu falar de um amigo dela inglês?".

"Inglês? Pensei que o senhor tinha falado alemão. Não, acho que não. Teve um rapaz americano em Ste. Maxime em 1928, acho, que quase desmaiava a cada vez que a Ninka dançava com ele — e, bom, pode ter havido algum inglês em Ostende e em outros lugares, mas eu realmente nunca me interessei pela nacionalidade dos admiradores dela."

"Então o senhor tem certeza absoluta de que não sabe nada de Blauberg e... bom, o que aconteceu depois?"

"Não", disse ele. "Não acho que ela estivesse interessada em ninguém lá. Sabe, ela estava numa das fases de doença na época — e só comia sorvete de limão e pepino, e falava da morte, do nirvana e mais não sei quê — tinha um fraco por Lhassa — sabe como é..."

"Como era exatamente o nome dela?", perguntei.

"Bom, quando a gente se conheceu o nome dela era Nina Turovetz... mas se... Não, acho que o senhor não vai encontrar a Nina. Para falar a verdade, eu sempre me pego pensando se ela existiu de verdade. Falei dela para a Varvara Mitrofanna e ela disse que era só um pesadelo depois de assistir a um filme de cinema ruim. Ah, o senhor não vai ainda, não é? Ela deve voltar daqui a um minuto..." Ele olhou para mim e riu (acho que tinha bebido um pouco de conhaque demais).

"Ah, esqueci", disse ele. "Não é a minha mulher atual que o senhor quer encontrar. E por falar nisso", acrescentou, "meus documentos estão perfeitamente em ordem. Posso mostrar a minha *carte de travail*. E se o senhor encontrar a Nina, eu gostaria de falar com ela antes de ela ir para a cadeia. Ou talvez melhor não".

"Bom, agradeço pela nossa conversa", eu disse, quando estávamos apertando as mãos com um pouco de entusiasmo demais, primeiro na sala, depois no corredor e depois na porta.

"*Eu é* que agradeço", Pahl Pahlich gritou. "Sabe, eu gosto bastante de falar dela e sinto não ter guardado nenhuma fotografia."

Parei um momento, pensando. Será que eu o tinha investigado o suficiente... Bom, sempre poderia vê-lo de novo... Será que poderia haver por acaso uma foto em um daqueles jornais ilustrados com carros, peles, cachorros, modas da Riviera? Perguntei a ele a respeito.

"Talvez", ele respondeu, "talvez. Ela ganhou um prêmio uma vez, num baile a fantasia, mas não me lembro bem onde foi. Todas as cidades me pareciam restaurantes e salões de dança".

Ele sacudiu a cabeça rindo ruidosamente e bateu a porta. Tio Preto e o menino estavam subindo a escada devagar quando desci.

"Era uma vez", o tio Preto estava dizendo, "um piloto de corrida que tinha um esquilinho e um dia...".

16

Minha primeira impressão era de que eu tinha o que queria — que sabia ao menos *quem* a amante de Sebastian tinha sido; mas então esfriei. Poderia ter sido ela a primeira esposa daquele falastrão? Fui pensando enquanto o táxi me levava a meu próximo endereço. Será que valeria mesmo a pena seguir aquela pista plausível, plausível demais? A imagem evocada por Pahl Pahlich não seria um tantinho óbvia demais? A libertina caprichosa que arruína a vida de um homem tolo. Mas Sebastian era tolo? Relembrei a aguda repulsa dele pelo mal óbvio e pelo bem óbvio; pelas formas pré-fabricadas de prazer e pelas formas vulgarizadas de angústia. Uma moça daquele tipo teria dado nos nervos dele imediatamente. Pois como seria a conversa dela, se efetivamente ela *tivesse* conseguido estabelecer relação com aquele inglês antissocial e distraído no Hotel Beaumont? Sem dúvida, depois que ela aventasse suas ideias, ele a teria evitado. Ele costumava dizer, eu sei, que garotas velozes tinham mentes lentas e que não podia haver nada mais enfadonho do que uma mulher bonita que gosta de se divertir; mais ainda: que, se você olhasse bem para a moça mais linda enquanto ela emanava a nata do lugar-comum, certamente encontraria alguma minúscula falha em sua beleza, correspondente a seus hábitos de pensamento. Ele não se importaria, talvez, em dar uma mordida na maçã do pecado porque, à parte os solecismos, ele era indiferente à ideia de pecado; mas não gostava de geleia de maçã, embalada e patenteada. Ele podia perdoar uma mulher por ser namoradeira, mas nunca aguentaria um falso mistério. Ele podia se divertir com uma mulher leviana que se embebeda com cerveja, mas não teria tolerado uma *grande cocotte* que insinuasse um desejo por maconha. Quanto mais eu pensava, menos possível parecia... De qualquer forma, eu não precisava me incomodar com essa moça até ter examinado as outras duas possibilidades.

Foi então, com passo animado, que entrei na casa muito imponente (numa parte muito elegante da cidade) diante da qual o táxi havia parado. A criada disse que madame não estava, mas, ao ver minha decepção, me pediu para esperar um momento e voltou com a sugestão de que, se eu quisesse, poderia falar com madame Lecerf, amiga de madame von Graun. Ela veio a ser uma mulher jovem, de rosto pálido, pequena e magra com cabelo preto e liso. Achei que nunca tinha visto uma palidez tão uniforme; o vestido preto tinha pescoço alto e ela usava uma longa piteira preta.

"Então o senhor gostaria de ver minha amiga?", ela perguntou, e havia, pensei, uma deliciosa suavidade do velho mundo em seu francês cristalino.

Eu me apresentei.

"É", disse ela, "vi seu cartão. O senhor é russo, não?".

"Aqui estou", expliquei, "numa missão muito delicada. Mas primeiro me diga, tenho razão em supor que madame Graun é compatriota minha?".

"Mais oui, elle est tout ce qu'il y a de plus russe", ela respondeu com sua voz macia e tilintante. "O marido dela era alemão, mas falava russo também."

"Ah", eu disse, "esse verbo no passado é muito bem-vindo".

"Pode ser franco comigo", disse madame Lecerf. "Eu gosto muito de missões delicadas."

"Sou parente", prossegui, "do escritor inglês Sebastian Knight, que morreu há dois meses; e estou tentando escrever sua biografia. Ele teve uma amiga íntima que conheceu em Blauberg, onde esteve em 1929. Estou tentando localizar essa pessoa. Isso é tudo".

"*Quelle drôle d'histoire!*", ela exclamou. "Que história curiosa. E o que o senhor quer que ela conte?"

"Ah, o que ela quiser... Mas devo entender... A senhora está dizendo que madame Graun é a pessoa em questão?"

"Muito possivelmente", disse ela, "embora eu nunca a tenha ouvido mencionar esse nome específico... Como o senhor disse que era?".

"Sebastian Knight."

"Não. Mas mesmo assim é muito possível. Ela sempre arruma amigos nos lugares onde fica. *Il va sans dire*", acrescentou, "que o senhor tem de falar com ela pessoalmente. Ah, tenho certeza de que vai achá-la fascinante. Mas que história estranha", repetiu, olhando para mim com um sorriso. "Por que o senhor tem de escrever um livro sobre ele e como é que não sabe o nome da mulher?"

"Sebastian Knight era muito reservado", expliquei. "E as cartas dessa mulher que ele guardou... Bom, sabe — ele queria que fossem destruídas depois de sua morte."

"Está certo", disse ela, alegre, "eu entendo a atitude dele. Realmente, queimar cartas de amor. O passado é um nobre combustível. Gostaria de uma xícara de chá?".

"Não", eu disse. "O que eu gostaria é de saber onde e quando posso ver madame Graun."

"Logo", disse madame Lecerf. "Ela não está em Paris no momento, mas acho que o senhor pode voltar amanhã. É, assim estaria bem, acredito. Ela pode até voltar hoje à noite."

"Posso pedir", eu disse, "que me fale mais sobre ela?".

"Bom, é fácil", disse madame Lecerf. "Ela é muito boa cantora, canções ciganas, sabe, esse tipo. É excepcionalmente bonita. *Elle fait des passions*. Gosto imensamente dela e ocupo um quarto neste apartamento toda vez que venho a Paris. A propósito, aqui está uma fotografia dela."

Lenta e silenciosamente ela se deslocou pela saleta de tapete grosso e pegou uma grande fotografia emoldurada que estava em cima do piano. Fiquei olhando um momento o belo rosto voltado para longe da câmera. A curva macia da face e o alçar da sobrancelha fantasmagórica eram muito russos, pensei. Havia um brilho na pálpebra inferior, e um brilho no lábios cheios e escuros. A expressão pareceu-me uma estranha mistura de sonhadora e astuta.

"É", eu disse, "é...".

"Bom, é ela?", perguntou madame Lecerf.

"Pode ser", repliquei, "e quero muito me encontrar com ela".

"Vou tentar descobrir", disse madame Lecerf com um charmoso ar de conspiração. "Porque, sabe, penso que escrever um livro sobre pessoas que se conhece é muito mais honesto que fazer uma mistura delas e apresentar como sua própria invenção!"

Eu agradeci e me despedi à moda francesa. A mão dela era incrivelmente pequena e quando inadvertidamente apertei-a com muita força, ela se encolheu, pois havia um grande anel duro no dedo médio. Que me machucou um pouco também.

"Amanhã à mesma hora", ela disse e riu, delicada. Uma boa pessoa discreta, de movimentos discretos.

Eu ainda não havia descoberto nada, mas sentia que estava progredindo bem. Agora só restava me tranquilizar quanto a Lydia Bohemsky. Quando cheguei ao endereço que eu tinha, o porteiro me disse que a mulher se mudara alguns meses antes. Ele disse achar que ela morava num hotelzinho do outro lado da rua. Lá me disseram que ela tinha ido embora três semanas antes e que morava do outro lado da cidade. Perguntei a meu informante se ele achava que ela era russa. Ele disse que era. "Uma mulher morena, bonita?", sugeri, usando o velho estratagema de Sherlock Holmes. "Exatamente", ele replicou, me desconcertando (a resposta correta teria sido: Ah, não, ela é uma loira feia). Meia hora depois, entrei numa casa de aspecto sombrio não longe da prisão Santé. Quem atendeu o meu toque foi uma velhota gorda com cabelo cor de laranja ondulado, bochechas roxas e um buço escuro sobre o lábio pintado.

"Posso falar com mademoiselle Lydia Bohemsky?", perguntei.

"*C'est moi*", ela replicou com um terrível sotaque russo.

"Então vou trazer as coisas", sussurrei e saí depressa da casa. Às vezes, penso que ela ainda pode estar parada na porta.

Quando no dia seguinte voltei ao apartamento de madame von Graun, a criada me levou para outra sala — uma espécie de *boudoir* que fazia o máximo para parecer charmoso. Eu já havia notado no dia anterior o intenso calor dentro do apartamento — e como o tempo no exterior, embora decididamente úmido, dificilmente se poderia chamar de frio, aquela orgia de aquecimento central me pareceu bastante exagerada. Me deixaram esperando um longo tempo. Havia diversos romances franceses antiquados no console; a maioria deles de autores premiados, e um exemplar bem manuseado de *San Michele*, do dr. Axel Munthe. Um buquê de cravos num vaso pretensioso. Havia algumas outras bugigangas frágeis por ali — provavelmente bem boas e caras, mas eu sempre tive a mesma aversão quase patológica de Sebastian por qualquer coisa feita de vidro ou de porcelana. Por último, mas não menos importante, uma peça de mobília envernizada falsa, contendo, senti, o horror dos horrores: um aparelho de rádio. Mesmo assim, levando em conta tudo, Helene von Graun podia ser considerada uma pessoa de "gosto e cultura".

Finalmente a porta se abriu e a dama que eu tinha visto no dia anterior se esgueirou para dentro da sala — digo esgueirou-se porque ela estava com a cabeça virada para trás e para baixo, falando com algo que acabou se revelando um buldogue preto, ofegante, com cara de sapo, que parecia relutante em entrar.

"Não se esqueça da minha safira", ela disse ao me dar a mãozinha fria. Sentou-se no sofá azul e levantou o pesado buldogue. "*Viens, mon vieux*", ela disse ofegante, "*viens*. Ele está sofrendo sem Helene", ela disse quando o animal estava acomodado entre as almofadas. "É uma pena, sabe, pensei que ela ia voltar hoje de manhã, mas ela telefonou de Dijon e disse que só chega no sábado (estávamos na terça-feira). Sinto muitíssimo. Não sabia como entrar em contato com o senhor. Está muito decepcionado?" — e ela olhou para mim com o queixo nas mãos juntas e os cotovelos magros vestidos de veludo justo apoiados nos joelhos.

"Bom", falei, "se me contar mais alguma coisa sobre madame Graun, talvez eu possa ser consolado".

Não sei por quê, mas a atmosfera do lugar de alguma forma me levava a uma afetação de discurso e de maneiras.

"E além disso", disse ela, erguendo um dedo de unha longa, "*j'ai une petite surprise pour vous*. Mas antes, vamos tomar chá". Vi que não poderia escapar da farsa do chá dessa vez; de fato, a criada já estava entrando com um carrinho com um cintilante aparelho de chá.

"Ponha aqui, Jeanne", disse madame Lecerf. "É, aqui está bom."

"Agora tem de me dizer o mais explicitamente possível", falou madame Lecerf, "*tout ce que vous croyez raisonnable de demander à une tasse de thé*. Desconfio que vai querer creme no chá, se morou na Inglaterra. O senhor *parece* inglês, sabe".

"Prefiro parecer russo", eu disse.

"Acho que não conheço nenhum russo, além de Helene, claro. Estes biscoitos, eu acho que são bem divertidos."

"E qual é a surpresa?", perguntei.

Madame Lecerf tinha uma estranha maneira de olhar intensamente para a pessoa — mas não nos olhos e sim na parte inferior do rosto, como se a pessoa tivesse um farelo ou alguma coisa que precisasse ser removido. Estava com maquiagem bem leve para uma francesa e eu achava a sua pele transparente e o seu cabelo preto bastante atraentes.

"Ah!", disse ela. "Perguntei uma coisa para ela quando telefonou e...", ela parou e pareceu se divertir com minha impaciência.

"E ela respondeu", disse eu, "que nunca tinha ouvido o nome".

"Não", disse madame Lecerf, "ela simplesmente riu, mas eu conheço aquela risada dela".

Eu me levantei, pensei e caminhei pela sala.

"Bom", falei, afinal, "não é exatamente coisa para rir, é? Ela sabe que Sebastian Knight está morto?".

Madame Lecerf fechou os olhos escuros veludosos em um silencioso "sim" e depois olhou de novo para o meu queixo.

"A senhora esteve com ela recentemente... quer dizer, esteve com ela em janeiro quando a notícia da morte dele estava nos jornais? Ela não ficou triste?"

"Olhe aqui, meu querido amigo, você é estranhamente ingênuo", disse madame Lecerf. "Existem muitos tipos de amor e muitos tipos de tristeza. Vamos presumir que Helene seja a pessoa que está procurando. Mas por que vamos pensar que ela amava seu irmão o suficiente para ficar triste com a morte dele? Ou talvez ela amasse, mas tenha em relação à morte uma postura especial que deixa de lado a histeria? O que nós sabemos sobre essas coisas? É uma questão pessoal dela. Ela vai contar para você, acho, mas até então não é justo insultar Helene assim."

"Não é insulto", gritei. "Sinto muito se pareci injusto. Mas fale, sim, sobre ela. Há quanto tempo se conhecem?"

"Ah, não tenho visto muito Helene nos últimos anos até este — ela viaja muito, sabe —, mas frequentávamos a mesma escola — aqui em Paris. O pai dela era um pintor russo, acho. Ela ainda era muito jovem quando se casou com aquele idiota."

"Qual idiota?", perguntei.

"Bom, o marido dela, claro. A maioria dos maridos é idiota, mas aquele era *hors concours*. Felizmente não durou muito. Pegue um dos meus." Ela me entregou também seu isqueiro. O buldogue rosnou no sono. Ela se mexeu e encolheu-se no sofá, abrindo espaço para mim. "Você parece não saber muito sobre mulheres, não é?", perguntou, acariciando o próprio tornozelo.

"Só estou interessado em uma", respondi.

"E quantos anos você tem?", ela continuou. "Vinte e oito? Adivinhei? Não? Ah, bom, então é mais velho que eu. Mas não importa. O que eu estava dizendo?... Sei algumas coisas sobre ela — o que ela mesma me contou e o que ouvi dizer. O único homem que ela amou de verdade era casado e isso foi antes do casamento dela, e ela era então um fiozinho de mulher, imagine — e ele se cansou dela ou algo assim. Teve alguns casos depois, mas nada muito importante de fato. *Un coeur de femme ne ressuscite jamais*. Então houve uma história que ela me contou inteira — uma história muito triste."

Ela riu. Os dentes eram um pouco grandes demais para a pequena boca pálida.

"Você faz parecer que minha amiga era sua namorada", ela disse, provocadora. "A propósito, eu queria perguntar como chegou a este endereço — isto é, o que levou você a procurar Helene?"

Contei a ela sobre os quatro endereços que eu havia conseguido em Blauberg. Mencionei os nomes.

"Que maravilha", ela gritou, "isso é o que eu chamo de energia! *Voyez vous ça!* E você foi até Berlim? Ela era judia? Adorável! E encontrou as outras também?"

"Estive com uma", respondi, "e isso foi o suficiente".

"Qual?", ela perguntou num espasmo de incontrolável alegria. "Qual? A Rechnoy?"

"Não", respondi. "O marido dela se casou de novo e ela desapareceu."

"Você é encantador, encantador", disse madame Lecerf, enxugando os olhos e tremendo de rir outra vez. "Posso imaginar você entrando e topando com um casal inocente. Ah, nunca ouvi uma coisa tão engraçada. A mulher dele jogou você escada abaixo ou o quê?"

"Vamos mudar de assunto", falei, bastante seco. Já me bastava da alegria da moça. Temo que ela tivesse aquele senso de humor francês em relação a questões conjugais, que em outra ocasião poderia ser atraente também para mim; mas naquele momento senti que sua visão levianamente indecente a respeito da minha investigação era de alguma forma ofensiva à memória de Sebastian. Como esse sentimento se aprofundou, me vi pensando de repente que talvez toda a questão fosse indecente e que meus desastrados esforços para caçar um fantasma haviam sufocado qualquer ideia que eu pudesse jamais formular sobre o último amor de Sebastian. Ou será que Sebastian acharia graça no aspecto grotesco da busca que eu havia empreendido em benefício dele? Será que o biografado teria encontrado aquela especial "reviravolta knightiana" no assunto, que compensava inteiramente o desastrado biógrafo?

"Por favor, me desculpe", ela disse, pondo a mão gelada na minha e me olhando por baixo das sobrancelhas. "Não precisa ser tão sensível, sabe."

Levantou-se depressa e foi até o móvel de mogno no canto. Olhei sua figura magra e juvenil quando se abaixou — e adivinhei o que ia fazer.

"Não, isso, não, pelo amor de Deus!", gritei.

"Não?", disse ela. "Pensei que um pouco de música acalmaria você. E criaria no geral a atmosfera certa para a nossa conversa. Não? Bom, como quiser."

O buldogue se sacudiu e deitou de novo.

"Tudo bem", ela disse numa voz de agrado e enfado.

"Você ia me contar", lembrei a ela.

"É", falou. Sentou-se de novo a meu lado e puxou a barra da saia, enquanto recolhia uma perna para baixo do corpo. "É. Sabe, não sei quem era o homem, mas pelo que entendi era um homem do tipo difícil. Ela diz que gostou da aparência dele, das mãos, da maneira de falar, e pensou que seria bem divertido se ele fizesse amor com ela — porque, sabe, ele parecia tão intelectual e é sempre divertido ver esse tipo de sujeito refinado, distante, cerebral, de repente cair de quatro e abanar o rabo. Qual é o problema agora, *cher monsieur?*"

"De que diabos você está falando?", gritei. "Quando... Quando e onde aconteceu esse caso?"

"*Ah, non merci, je ne suis pas le calendrier de mon amie. Vous ne voudriez pas!* Não me dei o trabalho de perguntar datas e nomes, e se ela me contou, eu esqueci. Agora, por favor, não faça mais nenhuma pergunta: estou contando o que *eu* sei e não o que *você* gostaria de saber. Não acho que ele fosse parente seu, porque era tão diferente de você — claro, até onde posso julgar pelo que ela me contou e pelo que vi de você. Você é um bom rapaz empenhado — e ele, bom, ele era qualquer coisa, menos bom — ele foi positivamente mau quando descobriu que estava ficando apaixonado por Helene. Ah, não, *ele* não virou um cachorrinho sentimental, como ela esperava. Ele disse, com amargura, que ela era vulgar e vaidosa, e depois a beijou para ter certeza de que não era uma figura de porcelana. Bom, ela não era. E então ele descobriu que não podia viver sem ela, e ela descobriu que já bastava de ficar ouvindo ele falar dos sonhos dele, e dos sonhos nos sonhos dele, e dos sonhos nos sonhos dos sonhos dele. Veja bem, eu não condeno nenhum dos dois. Talvez os dois estivessem certos, talvez nenhum dos dois — mas, sabe, minha amiga não era exatamente a mulher comum que ele pensou que fosse — ah, ela era uma coisa bem diferente, e sabia um pouco mais da vida, da morte e das pessoas, do que ele achava que ele sabia. Ele era o tipo de homem, sabe, que pensa que todos os livros modernos são um lixo, e todos os jovens modernos são bobos, apenas porque está preocupado demais com as próprias sensações e ideias para entender as dos outros. Ela me diz, você não pode imaginar os gostos e caprichos dele, e o jeito como falava de religião — deve ter sido horrível, acho. E minha amiga, sabe, é, ou melhor, era, muito alegre, *très vive* e tudo, mas ela sentia que estava ficando velha e amarga sempre que ele chegava. Porque ele nunca ficou muito tempo com ela, sabe — ele chegava *à l'improvise* e se deixava cair num pufe com a mão no castão da bengala, sem tirar as luvas — e ficava olhando, melancólico. Ela logo ficou amiga de um outro homem, que tinha adoração por ela e era, ah, muito, muito mais cortês, gentil e atencioso do que o homem que você supõe erroneamente que foi seu irmão (não fique zangado, por favor), mas ela não ligava muito para nenhum dos dois e diz que era uma loucura ver como eles eram polidos um com o outro quando se encontravam. Ela gostava de viajar, mas sempre que encontrava um lugar realmente bom, onde podia esquecer seus problemas e tudo, lá vinha ele estragar a paisagem de novo, e sentar no terraço à mesa dela, dizendo que ela era vaidosa e vulgar e que ele não podia viver sem ela. Ou então, ele fazia um longo discurso na frente dos amigos dela — sabe, *des jeunes gens qui aiment à rigoler* —, algum longo e obscuro discurso sobre a forma de um cinzeiro ou a cor do tempo — e era deixado lá na cadeira completamente sozinho, sorrindo bobamente para si mesmo, ou contando a própria pulsação. Desculpe se ele for mesmo seu parente porque não acho que ela tenha guardado nenhuma lembrança particularmente agradável daqueles dias. Ele acabou se transformando numa boa peste afinal, ela disse, e ela não deixava que nem tocasse nela mais, porque ele teria um ataque ou alguma coisa se ficasse excitado. Um dia, finalmente, quando soube que ele ia chegar pelo trem noturno, ela pediu a um jovem que faria qualquer coisa por ela para ir a seu encontro e dizer que ela não queria vê-lo nunca mais e que, se tentasse vê-la, ele seria considerado pelos amigos dela como um estranho problemático e tratado de acordo. Não foi muito bonito da parte dela, acho, mas ela pensou que seria melhor para ele a longo prazo. E funcionou. Ele nem mesmo escrevia mais para ela as suas cartas de súplica, que ela nunca lia mesmo. Não, não, realmente, não acho que ele seja o homem em questão — se conto tudo isso é simplesmente porque eu quero dar a você um retrato de Helene — e não dos amantes dela. Ela era tão cheia de vida, tão pronta a ser doce com qualquer um, tão transbordante daquela *vitalité joyeuse qui est, d'ailleurs, tout-à-fait conforme à une philosophie innée, à un sens quasi-religieux des phénomènes de la vie.* E onde foi dar isso? Os homens de que ela gostou revelaram-se desanimadoras decepções, todas as mulheres, com muito poucas exceções, eram nada mais que gatas e ela passou a maior parte da vida tentando ser feliz num mundo que fazia de tudo para acabar com ela. Bom, você vai se encontrar com ela e ver por si mesmo se o mundo conseguiu."

Ficamos em silêncio um longo tempo. Ai, eu não tinha mais dúvidas, embora o retrato de Sebastian Knight fosse atroz — mas também eu o recebia de segunda mão.

"É", eu disse, "quero encontrar com ela a qualquer custo. E isso por duas razões. Primeira, porque quero fazer uma certa pergunta — uma pergunta apenas. E segunda...".

"Sim?", disse madame Lecerf, tomando seu chá frio. "Segunda?"

"Segunda, não consigo imaginar como uma mulher assim podia atrair meu irmão; então quero ver essa mulher com meus próprios olhos."

"Está querendo dizer", perguntou madame Lecerf, "que acha que ela é uma mulher horrível, perigosa? *Une femme fatale?* Porque, sabe, não é esse o caso. Ela é boa como um bom pão".

"Ah, não", eu disse. "Nem horrível, nem perigosa. Inteligente, se quiser, e tudo mais. Mas... Não, tenho de ver por mim mesmo."

"Quem viver, verá", disse madame Lecerf. "Agora, olhe aqui, tenho uma sugestão. Vou viajar amanhã. Temo que se você aparecer aqui no sábado, Helene esteja tão apressada — ela está sempre apressada, sabe — que vá deixar você para o dia seguinte, esquecendo que no dia seguinte ela vai para a minha casa no campo por uma semana: então você vai perder Helene outra vez. Em outras palavras, acho que o melhor seria você vir à minha casa também. Porque então vai encontrar com ela com toda certeza. Então, o que eu sugiro é que venha no domingo de manhã — e fique quanto tempo quiser. Temos quatro quartos de hóspedes e acho que você vai ficar confortável. E depois, sabe, se eu falar um pouco com ela antes, ela vai estar no estado de espírito certo para falar com você. *Eh bien, êtes-vous d'accord?*"

17

Muito curioso, ponderei: parecia haver uma ligeira semelhança familiar entre Nina Rechnoy e Helene von Graun — ou pelo menos entre os quadros que o marido de uma e a amiga da outra tinham pintado para mim. Entre as duas não havia muito o que escolher, Nina era superficial e glamorosa, Helene, calculista e dura; ambas eram caprichosas; nenhuma era muito do meu gosto — não pensaria que fossem do de Sebastian também. Imaginei se as duas mulheres teriam se conhecido em Blauberg: teriam se dado bastante bem juntas — em tese; na realidade, elas provavelmente teriam chiado e cuspido uma na outra. Por outro lado, eu podia agora descartar a pista Rechnoy inteiramente — e isso era um grande alívio. O que aquela moça francesa tinha me contado sobre o amante da amiga dificilmente seria uma coincidência. Qualquer que fosse o sentimento que eu experimentei ao saber como Sebastian havia sido tratado, não conseguia deixar de lado a satisfação de minha investigação estar chegando ao fim e de eu ter sido poupado da tarefa impossível de desenterrar a primeira esposa de Pahl Pahlich, que, por tudo que eu sabia, podia estar na cadeia ou em Los Angeles.

Eu sabia que estava diante de minha última chance e, como era grande a ansiedade para ter certeza de que encontraria com Helene von Graun, fiz um esforço tremendo e mandei uma carta ao endereço dela em Paris, de forma que ela a recebesse ao chegar. Era bem curta: eu simplesmente a informava de que era convidado de sua amiga a Lescaux e que havia aceitado esse convite com o único objetivo de encontrá-la; acrescentei que havia uma importante questão literária que queria discutir com ela. Essa última frase não era muito honesta, mas achei que soava instigante. Eu não tinha entendido direito se sua amiga havia lhe contado alguma coisa sobre meu desejo de encontrá-la quando ela telefonou de Dijon. Senti um medo desesperado de que no domingo madame Lecerf pudesse calmamente me informar que Helene tinha resolvido ir para Nice. Depois de enviar a carta, senti que de qualquer forma tinha feito tudo o que estava em meu poder para marcar nosso encontro.

Parti às nove horas da manhã, para chegar a Lescaux por volta do meio-dia conforme o combinado. Já estava embarcando no trem quando me dei conta, com um choque, de que a caminho eu passaria por St. Damier, onde Sebastian tinha morrido e sido enterrado. Para aquele lugar eu tinha viajado numa noite inesquecível. Mas agora não conseguia reconhecer nada: quando o trem parou por um minuto na pequena plataforma de St. Damier, somente a placa me dizia que eu tinha estado ali. O lugar parecia tão simples, sossegado e definitivo comparado com a distorcida impressão de sonho que permanecia em minha memória. Ou estaria distorcida agora?

Fiquei estranhamente aliviado quando o trem partiu: eu não trilhava mais o caminho fantasmagórico que havia seguido dois meses antes. O tempo estava bom e toda vez que o trem parava eu parecia ouvir a respiração leve e irregular da primavera, ainda mal visível, mas inquestionavelmente presente: "Bailarinas de membros frios esperando nas coxias", como dissera Sebastian.

A casa de madame Lecerf era grande e estava caindo aos pedaços. Uma porção de velhas árvores adoentadas representava o parque. Havia campos de um lado e uma encosta com uma fábrica do outro. Tudo naquele lugar tinha um estranho ar de desgaste, de maltrapilho, de empoeirado; quando eu soube mais tarde que havia sido construída havia apenas trinta e poucos anos, fiquei ainda mais surpreso com sua decrepitude. Ao me aproximar da entrada principal, encontrei um homem que avançava depressa, crepitando no caminho de cascalho; ele parou e me deu um aperto de mão:

"*Enchanté de vous connaître*", disse ele, me avaliando com um olhar melancólico, "minha esposa está esperando o senhor. *Je suis navré*... mas sou obrigado a ir para Paris este domingo".

Era um francês de meia-idade, de aspecto bastante comum, com olhos cansados e sorriso automático. Apertamos as mãos outra vez.

"*Mon ami*, vai perder seu trem", veio a voz cristalina de madame Lecerf na varanda e ele foi embora trotando obedientemente.

Ela hoje usava um vestido bege, os lábios pintados de cor viva, mas não tinha nem sonhado em alterar sua diáfana compleição. O sol dava um brilho azulado a seu cabelo e me vi pensando que ela era, afinal, uma moça bem bonita. Atravessamos duas ou três salas que davam a ideia de que uma sala de visitas tinha sido vagamente dividida entre elas. Tive a impressão de que estávamos bem sozinhos naquela desagradável casa em ruínas. Ela pegou um xale de cima de um sofá verde de seda e enrolou no corpo.

"Não está frio?", disse ela. "Isso é uma coisa que eu detesto na vida, o frio. Sinta minhas mãos. Estão sempre assim, a não ser no verão. O almoço vai estar pronto em um minuto. Sente."

"Quando exatamente ela vai chegar?", perguntei.

"*Écoutez*", disse madame Lecerf, "não pode esquecer dela um minuto e conversar comigo sobre outras coisas? *Ce n'est pas très poli, vous savez*. Me fale um pouco de você. Onde mora e o que faz".

"Ela vai chegar à tarde?"

"Vai, vai, que homem obstinado, *monsieur l'entêté*. Ela vem com certeza. Não seja tão impaciente. Sabe, as mulheres não gostam muito de homens com *idée fixe*. O que achou de meu marido?"

Eu disse que ele parecia muito mais velho que ela.

"Ele é muito gentil, mas horrível de chato", ela continuou, rindo. "Mandei que fosse embora de propósito. Faz só um ano que estamos casados, mas já parece que faz bodas de diamante. E eu simplesmente detesto esta casa. Você não?"

Eu disse que a casa parecia bem antiquada.

"Ah, não é a palavra exata. Ela parecia nova em folha quando vimos a primeira vez. Mas desbotou e caiu aos pedaços desde então. Uma vez, contei a um médico que todas as flores, menos cravos e narcisos, murcham quando eu toco — não é estranho?"

"E o que ele disse?"

"Ele disse que ele não era botânico. Existia uma princesa persa como eu. Ela fazia murchar os jardins do palácio."

Uma criada velha e bem mal-humorada olhou para dentro e acenou com a cabeça para sua patroa.

"Venha", disse madame Lecerf. "*Vous devez mourir de faim*, a julgar pela sua cara."

Na porta, colidimos, porque ela se virou de repente e eu estava atrás dela. Ela agarrou meu ombro e seu cabelo roçou meu rosto. "Que rapaz desajeitado", ela disse, "esqueci meu comprimido".

Ela encontrou o remédio e seguimos pela casa em busca da sala de jantar. Acabamos por encontrá-la afinal. Era um lugar desanimador, com uma janela de sacada que parecia ter mudado de ideia no último momento e feito uma tentativa desanimada de voltar a seu estado normal. Duas pessoas entraram silenciosamente, por portas diferentes. Uma era uma velha que, pelo que entendi, era prima de monsieur Lecerf. A conversa dela se limitava estritamente a polidos ronronos ao passar as travessas. A outra era um homem bem bonito de calça bombacha, com um rosto solene e uma estranha faixa grisalha no cabelo ralo e loiro. O modo de madame Lecerf apresentar consistia num gesto apressado que não se dava o trabalho de dar nomes. Notei que ela ignorava a presença dele à mesa — que na verdade ele parecia sentar à parte. O almoço era bem preparado, mas descuidado. O vinho, porém, era muito bom.

Depois de batermos talheres no primeiro prato, o cavalheiro loiro acendeu um cigarro e saiu da sala. Voltou um minuto depois, com um cinzeiro. Madame Lecerf, que estava ocupada com sua comida, levantou o rosto e disse para mim:

"Então você tem viajado bastante ultimamente? Nunca estive na Inglaterra, sabe — por alguma razão, nunca aconteceu. Parece um lugar sem graça. *On doit s'y ennuyer follement, n'est-ce pas?* E depois os fogs... E sem música, sem arte de nenhum tipo... Este coelho foi preparado de um jeito especial, acho que vai gostar."

"A propósito", eu disse, "esqueci de dizer que escrevi uma carta para sua amiga, alertando que eu estaria aqui e... de certa forma lembrando a ela que viesse".

Madame Lecerf pousou garfo e faca. Pareceu surpresa e incomodada. "Não fez isso!", exclamou.

"Mas não faz mal nenhum, faz?, ou acha que..."

Terminamos o coelho em silêncio. Em seguida, veio creme de chocolate. O cavalheiro loiro dobrou cuidadosamente o guardanapo, inseriu num anel, levantou-se, fez uma ligeira reverência à nossa anfitriã e retirou-se.

"Vamos tomar o café na sala verde", madame Lecerf disse à criada.

"Estou furiosa com você", ela disse quando nos sentamos, "acho que estragou tudo".

"Por quê, o que foi que eu fiz?", perguntei.

Ela desviou o olhar. Seu pequeno peito duro se erguia (Sebastian escreveu uma vez que isso só acontecia nos livros, mas ali estava a prova de que ele estava errado). A veia azul em seu pescoço pálido de menina parecia pulsar (mas disso não tenho certeza). Seus cílios batiam. Sim, ela era decididamente uma linda mulher. Eu me perguntei se seria do Midi. De Arles talvez. Mas não, seu sotaque era parisiense.

"Você nasceu em Paris?", perguntei.

"Obrigada", ela disse sem olhar, "é a primeira pergunta que faz sobre mim. Mas isso não perdoa a sua gafe. Foi a coisa mais boba que você podia ter feito. Talvez, se eu tentasse... Com licença, volto num minuto".

Reclinei na cadeira e fumei. A poeira dançava num raio de sol inclinado; as volutas de fumaça de tabaco se juntaram a ela e rolaram suavemente, insinuantes, como se pudessem formar uma imagem viva a qualquer momento. Deixem-me repetir aqui que reluto em perturbar estas páginas com qualquer tipo de assunto relativo a mim pessoalmente; mas acho que pode divertir o leitor (e, quem sabe, o fantasma de Sebastian também) se eu disser que por um momento pensei em fazer amor com aquela mulher. Era realmente muito estranho — ao mesmo tempo ela me dava nos nervos —, quero dizer, as coisas que ela dizia. Eu estava perdendo o rumo de alguma forma. Me sacudi mentalmente quando ela voltou.

"Agora você conseguiu", disse ela. "Helene não está em casa."

"*Tant mieux*", repliquei, "ela provavelmente está a caminho daqui e realmente você devia entender como estou terrivelmente impaciente para me encontrar com ela".

"Mas por que diabos tinha de escrever para ela!", madame Lecerf gritou. "Nem conhece Helene. E eu tinha prometido que ela ia estar aqui hoje. O que mais você podia querer? E se não acreditou em mim, se quis me controlar — *alors vous êtes ridicule, cher monsieur.*"

"Ah, escute aqui", eu disse, muito sincero, "isso nunca me passou pela cabeça. Eu só pensei que, bom... manteiga não estraga o mingau, como dizem os russos".

"Acho que não gosto muito de manteiga... nem de russos", disse ela. O que eu podia fazer? Olhei sua mão pousada junto à minha. Estava tremendo ligeiramente, a roupa dela era fina — e um estranho arrepio, não exatamente de frio, desceu por minha espinha. Eu devia beijar aquela mão? Será que conseguiria ser cortês sem me sentir muito bobo?

Ela suspirou e levantou-se.

"Bom, não se pode fazer nada a respeito. Temo que você tenha assustado Helene e se ela vier mesmo — bom, não importa. Veremos. Gostaria de passear pela propriedade? Acho que lá fora está mais quente que dentro desta casa miserável — *que dans cette triste demeure.*"

A "propriedade" consistia no jardim e pomar que eu já havia notado. Estava tudo muito sossegado. Os ramos negros, aqui e ali pontuados de verde, pareciam escutar sua própria vida interior. Alguma coisa lúgubre e entorpecida pairava sobre o lugar. A terra fora cavada e amontoada contra um muro de tijolos por um jardineiro misterioso que tinha ido embora e esquecido a pá enferrujada. Por alguma estranha razão me lembrei de um crime que havia acontecido recentemente, um assassino que enterrara sua vítima num jardim como aquele.

Madame Lecerf estava calada; então, ela disse: "Você deve ter gostado muito de seu meio-irmão para armar tanta coisa com o passado dele. Como foi que ele morreu? Suicídio?"

"Ah, não", respondi, "ele sofria de uma doença do coração".

"Achei que tinha dito que ele se suicidou com um tiro. Teria sido tão mais romântico. Vou ficar decepcionada com seu livro se tudo terminar na cama. No verão, temos rosas aqui — ali, naquela lama —, mas não vai me ver passando o verão aqui outra vez."

"Eu com certeza não pretendo falsificar a vida dele de jeito nenhum", falei.

"Ah, tudo bem. Conheci um homem que publicou as cartas da mulher morta e distribuiu entre os amigos. Por que acha que a biografia de seu irmão vai interessar as pessoas?"

"Você nunca leu...", comecei a dizer, quando de repente um carro elegante, embora bem sujo de lama, parou no portão.

"Ah, droga", disse madame Lecerf.

"Talvez seja ela", exclamei.

Uma mulher desceu do carro diretamente para uma poça.

"É, é ela, sim", disse madame Lecerf. "Agora você fique onde está, por favor."

Ela correu pelo caminho, acenando, e ao encontrar com a recém-chegada, beijou-a e levou-a para a esquerda, onde desapareceram ambas atrás de uns arbustos. Vi-as um momento depois, quando contornaram o jardim e subiam a escada. Desapareceram dentro da casa. Eu não tinha visto nada de Helene von Graun a não ser o casaco de pele desabotoado e o cachecol colorido.

Encontrei um banco de pedra e me sentei. Estava excitado e bem satisfeito comigo mesmo por ter capturado minha presa afinal. Sobre o banco, estava a bengala de alguém e cutuquei a fértil terra marrom. Eu tinha conseguido! Nessa mesma noite, depois de falar com ela, eu voltaria a Paris e... Uma ideia estranha ao resto, um mutante, um parvo trêmulo, se introduziu, misturando-se à multidão... Eu voltaria essa noite? Como era aquela frase sufocada naquela história de segunda classe de Maupassant: "Eu esqueci um livro." Mas eu estava esquecendo o meu também.

"Então é aí que você está", disse a voz de madame Lecerf. "Pensei que talvez tivesse ido embora."

"Bom, está tudo bem?"

"Longe disso", ela respondeu, calma. "Não faço ideia do que você escreveu, mas ela achou que era referente a um negócio de filme que ela está tentando arranjar. Ela disse que você a encurralou. Agora, você vai fazer o que eu digo. Não vai falar com ela hoje, nem amanhã, nem depois de amanhã. Mas vai ficar aqui e ser bonzinho com ela. E ela prometeu que me conta tudo e depois, talvez, você possa falar com ela. Combinado?"

"É realmente muita bondade sua se dar todo esse trabalho", eu disse.

Ela sentou no banco ao meu lado, e como o banco era muito curto e eu um tanto — bem — robusto, o ombro dela tocava o meu. Umedeci os lábios com a língua e rabisquei algumas linhas no chão com a bengala que estava segurando.

"O que está tentando desenhar?", ela perguntou e pigarreou.

"Minhas ondas mentais", respondi tolamente.

"Uma vez", ela disse suavemente, "beijei um homem só porque ele conseguia escrever seu nome de cabeça para baixo".

A bengala caiu de minha mão. Olhei o rosto de madame Lecerf. Olhei sua testa branca e lisa, vi as pálpebras arroxeadas, que ela tinha baixado, talvez interpretando mal o meu olhar — vi uma pequena e pálida marca de nascença na face pálida, as asas delicadas do nariz, a dobra do lábio superior, conforme baixou a cabeça de cabelo escuro, a brancura fosca do pescoço, as unhas esmaltadas de vermelho rosado nos dedos finos. Ela levantou o rosto, os estranhos olhos veludosos com aquelas íris posicionadas ligeiramente mais alto que o normal, e fitou meus lábios.

Eu me levantei.

"O que foi?", ela perguntou. "No que está pensando?"

Sacudi a cabeça. Mas ela estava com a razão. Eu estava pensando em uma coisa — uma coisa que precisava ser resolvida imediatamente.

"Ora, vamos entrar?", ela perguntou quando seguimos pelo caminho.

Fiz que sim.

"Mas ela ainda vai demorar um pouco para descer, sabe. Me diga por que está amuado?"

Acho que parei e olhei para ela novamente, dessa vez para seu corpo esguio e pequeno naquela roupa justa, cor de couro cru.

Segui em frente, pensando pesadamente, e o caminho manchado de sol parecia franzir a testa para mim.

"*Vous n'êtes guère aimable*", disse madame Lecerf.

Havia uma mesa e várias cadeiras no terraço. A pessoa loira e silenciosa que eu tinha visto no almoço estava sentada ali, examinando o maquinismo do próprio relógio. Ao me sentar, desajeitadamente bati em seu cotovelo e ele derrubou um parafuso minúsculo.

"*Boga radi*", ele disse (não se preocupe) quando me desculpei.

(Ah, ele era russo então? Bom, isso me ajudaria.)

A moça estava de costas para nós, cantarolando baixinho, o pé batendo o ritmo nas pedras do piso.

Foi então que me voltei para meu silencioso compatriota que espiava seu relógio quebrado.

"*Ah-u-neigh na-sheiky pah-uk*", eu disse, baixo.

A mão da moça voou para a base de seu pescoço e ela virou nos calcanhares.

"*Shto?*" (o quê?), perguntou meu lerdo compatriota, olhando para mim. Ele então olhou para ela, sorriu incomodado e voltou a seu relógio.

"*J'ai quelque chose dans le cou...* Tem alguma coisa no meu pescoço, estou sentindo", disse madame Lecerf.

"Na verdade", eu disse, "eu estava dizendo a este cavalheiro russo que achava que havia uma aranha em seu pescoço. Mas me enganei, era uma sombra".

"Vamos ligar o gramofone?", ela perguntou, animada.

"Eu sinto muito", respondi, "mas acho que tenho de ir para casa. Vai me desculpar, não?".

"*Mais vous êtes fou*", ela gritou, "está louco, não quer falar com minha amiga?".

"Outro dia talvez", eu disse, tranquilizador, "outro dia".

"Me diga", ela falou, me acompanhando pelo jardim, "qual *é* o problema?".

"Foi muito inteligente de sua parte", eu disse, em nossa grandiosa e generosa língua russa, "foi muito esperto de sua parte me fazer acreditar que estava falando de sua amiga quando o tempo todo estava falando de si mesma. Essa brincadeirinha continuaria ainda por um bom tempo se o destino não tivesse empurrado seu cotovelo, e agora você entregou tudo. Porque por acaso eu conheci o primo de seu primeiro marido, esse que sabe escrever de cabeça para baixo. Então fiz um pequeno teste. E quando você subconscientemente pegou a frase em russo que eu murmurei..." Não, eu não disse nenhuma palavra disso tudo. Apenas me curvei e fui embora do jardim. Ela vai receber um exemplar deste livro e vai entender.

18

Aquela pergunta que eu queria fazer a Nina nunca foi dita. Queria perguntar a ela se algum dia se dera conta de que o homem de rosto pálido, cuja presença ela parecia achar tão tediosa, era um dos mais notáveis escritores do seu tempo. Que adiantava eu perguntar! Livros não queriam dizer nada para uma mulher como ela; sua própria vida lhe parecia contar as emoções de cem romances. Se fosse condenada a passar um dia inteiro fechada numa biblioteca, ela teria sido encontrada morta por volta do meio-dia. Tenho certeza absoluta de que Sebastian nunca falou de seu trabalho na presença dela: teria sido como discutir relógios de sol com um morcego. Então vamos deixar esse morcego tremer e girar no crepúsculo que escurece: desajeitada imitação de uma andorinha.

  Naqueles últimos e mais tristes anos de sua vida, Sebastian escreveu *O asfódelo duvidoso*, que é inquestionavelmente sua obra-prima. Onde e quando ele escreveu o livro? Na sala de leitura do Museu Britânico (longe do olhar vigilante do sr. Goodman). Numa humilde mesa no canto de um bistrô parisiense (não do tipo que sua amante frequentaria). Numa cadeira de jardim debaixo de um guarda-sol alaranjado em algum lugar de Cannes ou Juan, onde ela e sua turma o teriam abandonado por uma farra em algum outro lugar. Na sala de espera de uma estação anônima, entre dois ataques cardíacos. Num hotel, com o estrépito de pratos sendo lavados no quintal. Em muitos outros lugares que eu só posso conjeturar vagamente. O tema do livro é simples: um homem está morrendo: dá para sentir que ele afunda ao longo de todo o livro; seu pensamento e suas lembranças penetram o todo com maior ou menor distinção (como o encher e esvaziar de uma respiração irregular), ora rolando esta imagem, ora aquela, deixando que voe no vento, ou mesmo atirando-a à praia, onde ela parece se mexer e viver por um minuto por si mesma e ser então recolhida de volta pelo mar cinzento onde afunda ou é estranhamente transfigurada. Um homem está morrendo, e ele é o herói da história; mas enquanto as vidas de outras pessoas no livro parecem perfeitamente realistas (ou pelo menos realistas num sentido knightiano), o leitor é mantido na ignorância de quem é o homem moribundo, e onde está ou onde flutua o seu leito de morte, ou se é um leito sequer. O homem é o livro; o livro em si está ofegando e morrendo, e puxando um joelho fantasmagórico. Uma ideia-imagem e depois outra quebram na praia da consciência e acompanhamos a coisa ou o ser que foi evocado: restos espalhados de uma vida naufragada; caprichos preguiçosos que rastejam e depois abrem asas cheias de olhos. Elas são, essas vidas, apenas comentários ao assunto principal. Acompanhamos o suave jogador de xadrez, o velho Schwarz, que se senta numa cadeira em uma sala numa casa, para ensinar a um garoto órfão os movimentos do cavalo; encontramos a gorda mulher da Boêmia com aquela faixa grisalha aparecendo no colorido do cabelo tingido com tintura barata; ouvimos um pálido miserável denunciar ruidosamente a política de opressão a um homem à paisana numa casa pública de má fama. Apressada, a linda e alta *prima donna* pisa numa poça e estraga os sapatos prateados. Um velho soluça e é consolado por uma moça de fala doce no velório. O professor Nussbaum, um cientista suíço, mata a tiros a jovem amante e a si mesmo num quarto de hotel, às três e meia da manhã. Elas vão e vêm, essas e outras pessoas, abrindo e fechando portas, vivendo, contanto que o seu caminho esteja iluminado e engolidas de novo na onda do tema dominante: um homem está morrendo. Ele parece mexer um braço ou virar a cabeça no que pode ser um travesseiro e, quando se mexe, esta ou aquela vida que acabamos de ver se apaga ou muda. Por momentos, sua personalidade torna-se consciente de si mesma e então sentimos que estamos passando por alguma artéria principal do livro. "Agora, quando é tarde demais, e as lojas da Vida estão fechadas, ele lamenta não ter comprado determinado livro que sempre quis; nunca ter passado por um terremoto, um incêndio, um desastre de trem; nunca ter visto Tatsienlu, no Tibete, nem ouvido pegas azuis matraqueando nos salgueiros chineses; não ter falado com aquela colegial errante com olhos sem vergonha, encontrada um dia numa clareira solitária; não ter rido da piadinha sem graça da mulher feia e tímida, quando ninguém na sala riu; ter perdido trens, insinuações e oportunidades; não ter dado a moedinha que tinha no bolso àquele violinista de rua que tocava, trêmulo, para ele, num certo dia sombrio em certa cidade esquecida."

Sebastian Knight sempre gostou do malabarismo com temas, fazendo habilmente com que se chocassem ou se fundissem, fazendo com que *eles* expressassem aquele sentido oculto, que só podia ser expresso numa sucessão de ondas, como a música da boia chinesa que só se transforma em som pela ondulação. Em *O asfódelo duvidoso*, seu método atingira a perfeição. Não são as partes que importam, mas suas combinações.

Parece haver um método também na maneira de o autor expressar o processo físico da morte: os passos que levam ao escuro; a ação assumida em turnos pelo cérebro, pela carne, pelos pulmões. Primeiro o cérebro acompanha uma certa hierarquia de ideias — ideias sobre a morte: ideias falsamente inteligentes rabiscadas à margem de um livro emprestado (o episódio do filósofo): "Atração de morte: crescimento físico considerado de cabeça para baixo como o alongamento de uma gota suspensa; por fim caindo no nada." Pensamentos, poéticos, religiosos: "... o pântano do total materialismo e os paraísos dourados daqueles que Dean Park chama de otimísticos..." "Mas o moribundo sabia que essas ideias não eram reais; que só metade da ideia da morte se podia dizer que realmente existia: *este* lado da questão — o arranque, a partida, o cais da vida suavemente se distanciando, esvoaçante de lenços: ah! ele já estava do outro lado, se pudesse ver a praia recuando; não, não exatamente — se ainda estava pensando."

(Assim, alguém que veio para ver um amigo partir pode ficar no deque até tarde demais, mas ainda não se tornar um viajante.)

    Então, pouco a pouco, os demônios da doença física abafam com montanhas de dor todo tipo de pensamento, filosofia, conjetura, lembrança, esperança, remorso. Caímos e rastejamos através de hediondas paisagens, nem nos importa para onde vamos — porque é tudo angústia e nada mais que angústia. O método agora se inverte. Em vez de ideias-imagens que se irradiam mais e mais tênues, à medida que as seguimos por becos sem saída, agora é o lento assalto de horríveis visões brutais avançando sobre nós e nos encurralando: a história de uma criança torturada; o relato que faz um exilado da vida no país cruel de onde fugiu; um frouxo lunático com um olho roxo; um fazendeiro que chuta seu cachorro — com prazer, perversamente. Depois a dor também se apaga. "Então ele ficou tão exausto que deixou de se interessar pela morte." Assim "homens suados roncam num vagão de terceira classe lotado; assim um menino de escola dorme em cima da soma inacabada". "Estou cansado, cansado... um pneu rolando e rolando sozinho, ora oscilando, ora diminuindo a velocidade, ora..."

    Este é o momento em que uma onda de luz de repente inunda o livro: "... como se alguém abrisse a porta e as pessoas da sala se levantassem, piscando, catando embrulhos febrilmente." Sentimos que estamos no limiar de alguma verdade absoluta, ofuscante em seu esplendor e ao mesmo tempo quase doméstica em sua perfeita simplicidade. Com o incrível feito de um palavreado sugestivo, o autor nos faz acreditar que ele sabe a verdade da morte e que vai nos contar. Dentro de um ou dois minutos, ao final da frase, ou no meio da próxima, talvez um pouco mais longe ainda, vamos descobrir alguma coisa que mudará todos os nossos conceitos, como se descobríssemos que mexendo os braços de alguma forma simples, mas ainda não tentada, pudéssemos voar. "O nó mais difícil não é mais do que um cordão sinuoso; duro para as unhas, mas realmente uma questão de preguiçosos e graciosos volteios. O olho o desmancha, enquanto os dedos desajeitados sangram. Ele (o moribundo) era esse nó e seria desfeito imediatamente, se conseguisse ver e acompanhar o fio. E não só ele, tudo se desembaraçaria — tudo que ele podia imaginar em nossos termos infantis de tempo e espaço, ambos sendo charadas inventadas pelo homem *como* charadas e assim voltando a nós: o bumerangue do *nonsense*... Ele agora havia tocado alguma coisa real que não tinha nada a ver com nenhum dos pensamentos ou sentimentos, ou experiências que ele podia ter tido no jardim de infância da vida..."

A resposta a todas essas questões de vida e morte, "a solução absoluta", estava escrita por todo o mundo que ele conhecera: era como um viajante que se dá conta de que o campo selvagem que observa não é um ajuntamento acidental de fenômenos naturais, mas a página de um livro onde essas montanhas e florestas, campos e rios estão dispostos de forma a compor uma frase coerente; a vogal de um lago fundindo-se à consoante de uma encosta sibilante; as curvas de uma estrada escrevendo sua mensagem em caligrafia redonda, tão clara como a do pai de uma pessoa; árvores conversando sem palavras, fazendo sentido para alguém que aprendeu os gestos de sua linguagem... Assim o viajante soletra a paisagem e seu sentido é revelado, e da mesma forma o intrincado padrão da vida humana resulta monogramático, agora bem claro ao olho interior que desembaraça as letras entrelaçadas. E a palavra, o sentido que aparece, é assombroso em sua simplicidade: estando a maior surpresa talvez no curso da existência terrena da pessoa, com seu cérebro cingido por um anel de ferro, pelo sonho apertado da própria personalidade — não foi por acaso que se fez esse simples tranco mental, que teria liberado o pensamento preso e atribuído a ele a grande compreensão. Agora a charada estava resolvida. "E quando o sentido de todas as coisas brilhou através de suas formas, muitas ideias e acontecimentos que tinham parecido da maior importância encolheram não à insignificância, porque nada podia ser insignificante agora, mas ao mesmo tamanho que outras ideias e acontecimentos, uma vez negada qualquer importância, agora obtinham." Assim, gigantes brilhantes de nosso cérebro como a ciência, a arte ou a religião ficavam de fora do esquema familiar de sua classificação, e, de mãos dadas, se misturavam e alegremente se nivelavam. Assim, um caroço de cereja e sua minúscula sombra que pousa na madeira pintada de um banco cansado, ou um pedaço de papel rasgado, ou qualquer outra bobagem entre milhões e milhões de bobagens ganhava um tamanho assombroso. Remodelado e recombinado, o mundo entregava seu sentido à alma tão naturalmente quanto ambos respiravam.

E agora saberemos exatamente o que é; a palavra será enunciada — e você e eu e todos no mundo darão um tapa na testa: que idiotas temos sido! Nesta última curva de seu livro o autor parece fazer um minuto de pausa, como se estivesse ponderando se seria sábio revelar a verdade. Ele parece levantar a cabeça e deixar o moribundo, cujos pensamentos estava acompanhando, e virar para outro lado a fim de pensar: devemos acompanhá-lo até o final? Devemos sussurrar a palavra que abalará o confortável silêncio de nossos cérebros? Devemos. Já fomos longe demais e a palavra já está sendo formada e sairá. E nos voltamos e encolhemos de novo sobre uma cama enevoada, sobre uma forma cinzenta e flutuante — mais e mais baixo... Mas aquele minuto de dúvida foi fatal: o homem está morto.

O homem está morto e nós não sabemos. O asfódelo da outra margem é tão duvidoso como sempre. Seguramos na mão um livro morto. Ou estamos enganados? Às vezes, ao virar as páginas da obra-prima de Sebastian, sinto que a "solução absoluta" está lá, em algum lugar, escondida em alguma passagem que eu li depressa demais, ou que está entrelaçada com outras palavras cujo aspecto familiar me enganou. Não conheço nenhum outro livro que dê essa sensação especial, e talvez fosse essa a intenção do autor.

Me lembro nitidamente do dia em que vi *O asfódelo duvidoso* anunciado num jornal inglês. Eu tinha visto um exemplar desse jornal no saguão de um hotel em Paris, onde eu esperava um homem que minha firma queria que fosse convencido a fechar um certo negócio. Eu não sou bom em convencer e geralmente os negócios me pareciam menos promissores do que pareciam a meus patrões. E sentado ali sozinho naquele saguão lugubremente confortável, li o anúncio da editora e o lindo nome de Sebastian em letras negras maiúsculas, e senti inveja do destino dele, mais agudamente do que jamais invejara antes. Na época, eu não sabia onde ele estava, não o via havia seis anos pelo menos, nem sabia que estava doente e tão arrasado. Pelo contrário, aquele anúncio do livro dele me pareceu uma prova de felicidade — e imaginei-o parado na sala alegre e cálida de algum clube, com as mãos nos bolsos, as orelhas vermelhas, os olhos úmidos e brilhantes, um sorriso a brincar nos lábios — e todas as outras pessoas da sala paradas em torno dele, com copos de vinho do Porto, rindo de suas piadas. Era uma imagem boba, mas ficava brilhando com um trêmulo padrão de peitos de camisa brancos, smokings pretos e vinho de cor suave e rostos nítidos, como uma daquelas fotografias coloridas que se vê nas costas das revistas. Resolvi comprar aquele livro assim que fosse publicado, eu sempre comprava os livros dele imediatamente, mas de alguma forma fiquei particularmente impaciente com aquele. Então a pessoa que eu estava esperando desceu. Era um inglês, e bastante lido. Ao conversarmos alguns momentos sobre coisas banais antes de abordarmos o negócio em questão, apontei casualmente o anúncio no jornal e perguntei se ele havia lido algum livro de Sebastian Knight. Ele disse que tinha lido um ou dois — *O não-sei-quê prismático* e *Propriedade perdida*. Perguntei se tinha gostado. Ele disse que sim, de certa forma, mas que o autor lhe parecia um tremendo esnobe, pelo menos intelectualmente. Quando pedi que explicasse, ele acrescentou que lhe parecia que Knight estava sempre jogando algum jogo de sua própria invenção, sem contar as regras aos parceiros. Ele disse que preferia livros que fazem a pessoa pensar, e os livros de Knight não faziam — eles o deixavam intrigado e irritado. Então falou de outro autor vivo que achava muito melhor do que Knight. Eu aproveitei uma pausa para abordar a nossa conversa de negócios. Acabou não sendo tão bem-sucedida como minha firma esperava.

  O asfódelo duvidoso obteve muitas resenhas, quase todas longas e bastante elogiosas. Mas aqui e ali sempre aparecia a insinuação de que o autor era um autor cansado, o que parecia um outro jeito de dizer que ele era apenas um velho chato. Percebi até uma tênue sugestão de comiseração, como se *eles* soubessem de algumas coisas tristes e melancólicas sobre o autor que não estavam de fato no livro, mas que permeavam a atitude deles em relação ao livro. Um crítico chegou ao ponto de dizer que o tinha lido "com sentimentos mistos, porque era uma experiência bastante desagradável para o leitor sentar ao lado de um leito de morte e nunca ter bem certeza se o autor é o médico ou o paciente". Quase todas as críticas davam a entender que o livro era um pouco longo demais, e que muitas passagens eram obscuras e obscuramente aborrecidas. Todos louvavam a "sinceridade" de Knight — fosse isso o que fosse. Eu me perguntava o que Sebastian achava dessas críticas.

Emprestei meu exemplar a um amigo que ficou com ele várias semanas sem ler e depois o perdeu num trem. Comprei outro que nunca emprestei a ninguém. É, acho que de todos os livros dele, esse é o meu favorito. Não sei se faz a pessoa "pensar" e não me importa muito. Gosto do livro por ele mesmo. Gosto do seu jeito. E às vezes digo a mim mesmo que não seria excepcionalmente difícil traduzi-lo para o russo.

19

Consegui reconstruir mais ou menos o último ano da vida de Sebastian: 1935. Ele morreu no comecinho de 1936 e quando olho esse número não posso deixar de pensar que existe uma semelhança oculta entre um homem e a data de sua morte. Sebastian m. 1936... Essa data me parece o reflexo desse nome numa piscina de água ondulante. Algumas coisas nas curvas dos últimos três algarismos me lembram os contornos sinuosos da personalidade de Sebastian... Estou tentando, como tentei sempre no curso deste livro, expressar uma ideia que poderia ter sido atraente para ele... Se aqui e ali não captei ao menos a sombra de seu pensamento, e se vez por outra uma reverência inconsciente não me levou a tomar a direção certa em seu labirinto privado, então meu livro é um desajeitado fracasso.

  O surgimento de *O asfódelo duvidoso* na primavera de 1935 coincidiu com a última tentativa de Sebastian encontrar Nina. Quando ele ouviu de um dos seus jovens rufiões de cabelo lambido que ela queria se livrar dele para sempre, ele voltou para Londres e lá ficou uns dois meses, fazendo um lamentável esforço para enganar a solidão aparecendo em público o máximo que podia. Uma figura magra, tristonha e silenciosa, ele era visto neste e naquele lugar, usando um cachecol no pescoço mesmo na sala de jantar mais quente, exasperando anfitriãs por sua distração e sua suave recusa em conversar, saindo no meio de uma festa, ou sendo encontrado no quarto das crianças concentrado num quebra-cabeça. Um dia, perto de Charing Cross, Helen Pratt viu

Clare dentro de uma livraria, e segundos depois, ao continuar em seu caminho, encontrou Sebastian. Ele ficou levemente vermelho quando apertou a mão da srta. Pratt e acompanhou-a à estação de metrô. Ela ficou agradecida de ele não ter aparecido um minuto antes, e ainda mais grata quando ele não se deu o trabalho de mencionar o passado. Em vez disso, contou a ela uma complicada história sobre dois homens que tinham tentado enganá-lo num jogo de pôquer na noite anterior.

"Que bom que encontrei você", ele disse quando se separaram. "Acho que consigo aqui mesmo."

"Consegue o quê?", perguntou a srta. Pratt.

"Eu estava indo à [disse o nome da livraria], mas estou vendo que posso conseguir o que procuro aqui nesta banca."

Ele ia a concertos e peças de teatro, e bebia leite quente no meio da noite em barracas de café junto com motoristas de táxi. Dizem que assistiu três vezes ao mesmo filme — um filme perfeitamente insípido chamado *O jardim encantado*. Uns dois meses depois de sua morte, e poucos dias depois de saber quem madame Lecerf era de verdade, descobri esse filme num cinema francês e fui vê-lo, com a única intenção de descobrir por que tinha sido tão atraente para ele. Em algum ponto, no meio do filme, a história mudava para a Riviera, e lá se viam de passagem banhistas tomando sol. Nina estaria entre eles? Aquele era o ombro nu dela? Achei que uma moça que olhou para a câmera parecia bastante com ela, mas óleo de bronzear, o bronzeado e uma viseira são bons demais para disfarçar um rosto que passa. Ele ficou muito doente durante uma semana em agosto, mas se recusou a ficar de cama, como o dr. Oates determinou. Em setembro, foi visitar umas pessoas no campo: só as conhecia ligeiramente; e o tinham convidado por mera gentileza, porque ele dissera por acaso que tinha visto a casa delas na *Prattler*. Durante toda uma semana ele vagou por uma casa meio fria, onde todos os outros convidados se conheciam intimamente, depois, uma manhã, caminhou dezesseis quilômetros até a estação e voltou silenciosamente para casa, deixando smoking e nécessaire para trás. No começo de novembro, ele almoçou com Sheldon no clube de Sheldon e estava tão taciturno que seu amigo se perguntou por que teria ido até lá. Depois vem um vazio. Aparentemente, ele foi ao estrangeiro, mas não acredito que tivesse qualquer plano definido de tentar encontrar Nina de novo, embora talvez alguma vaga esperança desse tipo fosse a fonte de sua inquietação.

Eu tinha passado a maior parte do inverno de 1935 em Marselha, cuidando de alguns negócios de minha firma. No meio de janeiro de 1936, recebi uma carta de Sebastian. Estranhamente, escrita em russo.

"Estou, como pode ver, em Paris, e devo ficar retido [*zasstrianu*] aqui durante algum tempo. Se puder vir me ver, venha; se não puder, não vou ficar ofendido; mas talvez seja melhor você vir. Estou cheio [*osskomina*] de uma porção de coisas tortuosas e especialmente com o padrão das peles de cobra que despi [*vypolziny*] de forma que agora encontro consolação poética no óbvio e no comum que, por uma razão ou outra, negligenciei no curso de minha vida. Gostaria, por exemplo, de perguntar o que você tem feito durante todos esses anos, e falar um pouco de mim: espero que tenha se dado melhor que eu. Ultimamente, tenho visto muito o velho dr. Starov, que tratou de *maman* [era assim que Sebastian chamava minha mãe]. Encontrei-o por acaso na rua uma noite, quando fui forçado a descansar um pouco no estribo do carro de alguém. Ele parecia achar que eu tinha vegetado em Paris desde a morte de *maman* e eu concordei com sua versão de minha existência de *emigré*, porque [*ieboh*] qualquer explicação me parecia complicada demais. Algum dia, você poderá encontrar certos papéis; vai queimá-los imediatamente; verdade, eles devem ter ouvido vozes em [uma ou duas palavras indecifráveis: *Dot chetu?*] mas agora eles devem ir para a fogueira. Eu os conservo e lhes dou abrigo noturno [*notchleg*], porque é mais seguro deixar essas coisas dormirem, para que, quando mortas, elas não nos assombrem como fantasmas. Uma noite, quando eu me sentia particularmente mortal, assinei a sentença de morte deles e por ela você vai identificá-los. Eu estava no mesmo hotel de sempre, mas agora mudei para uma espécie de casa de saúde fora da cidade, anote o endereço. Esta carta foi iniciada há quase duas semanas, e até a palavra 'vida' era destinada [*prednaznachalos*] a outra pessoa. Depois, de uma forma ou de outra, voltou-se para você, assim como um hóspede tímido numa casa estranha fala prolongadamente com o parente próximo com quem foi à festa. Portanto, desculpe se o aborreço [*dokuchayou*], mas de alguma forma não gosto muito desses galhos e ramos nus que vejo da minha janela."

Essa carta me perturbou, claro, mas não me deixou tão ansioso como eu devia ter ficado, se soubesse que desde 1926 Sebastian estava sofrendo de uma doença incurável, piorando constantemente durante os últimos cinco anos. Devo confessar vergonhosamente que meu alarme natural foi um tanto abrandado pela ideia de que Sebastian sempre fora muito tenso e nervoso e sempre tendera a um indevido pessimismo quando sua saúde estava comprometida. Eu não tinha, repito, a menor ideia de seu problema de coração, então consegui me convencer de que ele estava sofrendo de excesso de trabalho. Mesmo assim, estava doente e me pedindo para ir até ele num tom que era novo para mim. Ele nunca parecera precisar de minha presença, mas agora estava positivamente implorando por isso. Me comoveu e intrigou e eu decerto teria embarcado no primeiro trem se soubesse de toda a verdade. Recebi a carta na quinta-feira e resolvi ir imediatamente a Paris no sábado, para voltar no domingo à noite, pois sentia que minha firma não esperava que eu fosse tirar uma folga no estágio crítico do negócio de que eu devia cuidar em Marselha. Resolvi que, em vez de escrever e explicar, eu mandaria um telegrama para ele no sábado de manhã, quando saberia se, talvez, ia poder tomar o primeiro trem.

E nessa noite tive um sonho especialmente desagradável. Sonhei que estava sentado em uma grande sala em penumbra, que meu sonho depressa mobiliou com uma coisa e outra recolhidas em diferentes casas que eu mal conhecia, mas com falhas ou estranhas substituições, como aquela estante que era ao mesmo tempo uma estrada empoeirada. Eu tinha uma vaga sensação de que a sala ficava numa casa de fazenda ou estalagem campestre — uma sensação geral de paredes e chão de madeira. Estávamos esperando Sebastian — ele devia voltar de alguma longa viagem. Eu estava sentado num caixote ou algo assim, minha mãe também estava na sala e havia mais duas pessoas tomando chá na mesa em torno da qual estávamos sentados — um homem do meu escritório e a mulher dele, nenhum dos dois conhecido por Sebastian e colocados ali pelo gerente do sonho — simplesmente porque qualquer um servia para preencher o palco.

Nossa espera era inquieta, cheia de obscuros pressentimentos, e eu sentia que eles sabiam mais do que eu, mas detestava perguntar por que minha mãe estava tão preocupada com uma bicicleta enlameada que se recusava a caber dentro do guarda-roupa; as portas ficavam abrindo. Havia um quadro de um navio a vapor na parede, as ondas do quadro se deslocavam como uma procissão de lagartas, o navio balançava e isso me incomodava — até eu lembrar que pendurar um quadro desses era um costume antigo e comum, quando se esperava o retorno de um viajante. Ele devia chegar a qualquer momento, e o chão de madeira perto da porta estava salpicado de areia para ele não escorregar. Minha mãe se afastou com as esporas enlameadas e o estribo que ela não conseguia esconder, e o casal vago foi silenciosamente abolido, porque eu estava sozinho na sala quando a porta se abriu numa galeria superior e Sebastian apareceu, descendo lentamente a escada instável que dava bem na sala. Tinha o cabelo cortado rente e estava sem paletó: entendi que tinha tirado um cochilo depois de sua viagem. Enquanto ele descia, fazendo uma pequena pausa em cada degrau, sempre com o mesmo pé pronto para continuar e o braço apoiado no corrimão, minha mãe voltou e o ajudou quando ele tropeçou e caiu de costas. Ele riu quando veio até mim, mas senti que estava com vergonha de alguma coisa. Seu rosto estava pálido e com a barba por fazer, mas ele parecia bem alegre. Minha mãe, com uma xícara de prata na mão, sentou-se no que acabou se revelando uma maca, pois foi carregada embora por dois homens que dormiam na casa aos sábados como Sebastian me contou com um sorriso. De repente, notei que ele usava uma luva preta na mão esquerda e que os dedos dessa mão não se mexiam, que ele nunca a usava — senti um medo horrível, repugnado a ponto de náusea, de que ele pudesse inadvertidamente me tocar com ela, porque entendi então que era uma coisa falsa presa ao pulso dele —, que ele tinha sido operado ou sofrera algum horrível acidente. Entendi também por que a aparência dele e toda a atmosfera de sua chegada pareciam tão estranhas, mas embora talvez tenha notado meu estremecimento, ele continuou tomando seu chá. Minha mãe voltou um momento para pegar o dedal que tinha esquecido e depressa foi embora, porque os homens estavam com pressa. Sebastian me perguntou se a manicure já tinha chegado, porque ele estava ansioso para se preparar para o banquete. Eu tentei mudar de assunto, porque a ideia de sua mão mutilada era insuportável, mas então vi a sala inteira em termos de unhas cortadas e uma garota que eu conheci (mas ela havia esmaecido estranhamente agora) chegou com sua maleta de manicure e sentou num banquinho na frente de Sebastian. Ele me pediu para não olhar, mas não consegui deixar de olhar. Vi que ele soltava a luva preta e lentamente a tirava; quando saiu, despejou seu conteúdo: uma porção de mãozinhas, como as patas fronteiras de um camundongo, rosa-arroxeadas e macias — muitas —, elas caíram no chão, e a moça de preto se pôs de joelhos. Eu me curvei para ver o que estava acontecendo embaixo da mesa e vi que ela estava pegando as mãozinhas e pondo dentro de um prato — levantei o rosto, Sebastian tinha desaparecido, e quando me abaixei de novo a moça sumira também. Eu senti que não podia ficar naquele quarto por nem mais um momento. Mas quando me virei e peguei a tranca, ouvi a voz de Sebastian atrás de mim; parecia vir do canto mais escuro e remoto do que era agora um imenso celeiro com grãos escorrendo de um saco furado aos meus pés. Eu não podia vê-lo e estava tão ansioso para escapar que o pulsar da minha impaciência parecia abafar as palavras que ele dizia. Eu sabia que ele estava me chamando e dizendo alguma coisa muito importante — e prometendo me dizer algo ainda mais importante, se eu fosse até o canto onde ele estava sentado ou deitado, impedido pelos sacos pesados que tinham caído em cima de suas pernas. Eu me mexi e então a voz dele veio em um último apelo forte e insistente, e uma frase que não fazia sentido quando a tirei do meu sonho, então, no sonho em si, soava carregada de um significado tão absoluto, com uma intenção tão forte de resolver para mim uma monstruosa charada, que eu teria corrido para Sebastian afinal, se não estivesse já meio fora do meu sonho.

Sei que o seixo comum que você encontra na mão fechada depois de enfiar o braço inteiro até o ombro na água, onde uma joia parecia brilhar na areia pálida, é realmente a gema cobiçada, embora pareça um seixo ao secar no sol do dia a dia. Senti, portanto, que a frase sem sentido que ressoava em minha cabeça quando acordei era realmente a tradução adulterada de uma impressionante revelação; e deitado de costas ouvindo os sons conhecidos da rua e a vazia mistura musical do rádio alegrando o café da manhã de alguém no quarto acima da minha cabeça, o frio irritante de alguma horrível apreensão produziu um tremor quase físico em mim e resolvi mandar um telegrama dizendo a Sebastian que eu iria no mesmo dia. Devido a algum idiota elemento de bom senso (que nunca foi de fato o meu forte), pensei que era melhor eu descobrir na filial de Marselha do meu escritório se minha presença podia ser dispensada. Descobri que não só não podia, como não era certo que eu pudesse me ausentar sequer no fim de semana. Nessa sexta-feira, voltei para casa muito tarde depois de um dia muito difícil. Havia um telegrama à minha espera desde o meio-dia — mas tão estranha é a soberania das amenidades diárias sobre as delicadas revelações de um sonho que eu tinha esquecido inteiramente seu empenhado sussurro e estava simplesmente esperando alguma notícia de negócios quando abri o telegrama.

"Estado Sevastian sem esperança venha imediatamente Starov." Estava escrito em francês; o "v" no nome de Sebastian era uma transcrição da ortografia russa; por alguma razão desconhecida, eu fui ao banheiro e fiquei lá um momento diante do espelho. Depois, peguei meu chapéu e corri escada abaixo. Eram quinze para a meia-noite quando cheguei à estação e havia um trem a 0h02 que chegava a Paris às duas e meia da tarde do dia seguinte.

Então descobri que não tinha comigo dinheiro suficiente para um bilhete de segunda classe e por um minuto debati comigo mesmo se não seria melhor no geral eu voltar para pegar algum dinheiro e voar para Paris assim que houvesse um avião. Mas a presença próxima do trem mostrou-se muito tentadora. Peguei a oportunidade mais barata, como sempre faço na vida. E assim que o trem partiu, me dei conta, com um choque, de que tinha deixado a carta de Sebastian em cima de minha mesa e não me lembrava do endereço que ele havia dado.

20

O compartimento lotado era escuro, abafado e cheio de pernas. As gotas de chuva escorriam pelos vidros: não escorriam retas, mas num trajeto convulso, dúbio, curvo, parando de vez em quando. A luz noturna azul-arroxeada se refletia no vidro negro. O trem sacudia e gemia correndo pela noite. Como era, diabos, o nome do sanatório? Começava com um "M". Começava com um "M". Começava com um... as rodas se atrapalhavam em sua pressa repetitiva e depois encontravam de novo seu ritmo. Claro, eu podia conseguir o endereço com o dr. Starov. Telefonar para ele da estação assim que eu chegasse. As botas pesadas do sonho de alguém tentaram se pôr entre as minhas canelas, depois devagar se retiraram. O que Sebastian queria dizer com o "hotel de sempre?". Não me lembrava de nenhum lugar especial em Paris onde ele tivesse ficado. Sim, Starov saberia onde ele estava. Mar... Man... Mat... Será que eu chegaria a tempo? O quadril de meu vizinho apertava o meu quando ele mudava de um ronco a outro, mais triste. Será que a minha ida o encontraria com vida... ida... vida... ida... Ele tinha alguma coisa a me dizer, alguma coisa de incomensurável importância. O compartimento escuro, sacolejante, abarrotado de bonecos espaçosos, me parecia uma parte do sonho que eu tivera. O que ele ia me dizer antes de morrer? A chuva batia e tilintava contra o vidro e um floco de neve fantasmagórico encaixou-se num canto e derreteu. Alguém na minha frente voltou à vida devagar; amassou papel e mastigou no escuro, depois acendeu um cigarro e o brilho redondo me olhava como um olho ciclópico. Preciso, preciso chegar lá a tempo. Por que eu não tinha saído correndo para o aeroporto assim que recebi a carta? Estaria com Sebastian agora! De que doença ele estava morrendo? Câncer? Angina pectoris — como a mãe dele? Assim como acontece com tantas pessoas que não dão importância à religião no correr comum da vida, eu depressa inventei um deus macio, cálido, enevoado de lágrimas e sussurrei uma prece informal. Permita que eu chegue lá a tempo, que ele resista até eu chegar, que ele me conte seu segredo. Agora tudo era neve: o vidro tinha criado uma barba grisalha. O homem que tinha mastigado e fumado estava dormindo outra vez. Será que eu podia tentar esticar as pernas e levantar os pés para cima de alguma coisa? Tateei com os dedos dos pés que ardiam, mas a noite era toda ossos e carne. Desejei em vão por algo de madeira debaixo de meus tornozelos e panturrilhas. Mar... Matamar... Mar... A que distância de Paris ficava esse lugar? Dr. Starov. Alexander Alexandrovich Starov. O trem matraqueava pelos pontos, repetindo aqueles xis. Alguma estação desconhecida. Quando o trem parava, vinham vozes do compartimento vizinho, alguém que contava uma história sem fim. Havia também o som cambiante de portas deslizando e algum tristonho viajante abriu a nossa porta também e viu que não havia esperança. Sem esperança. *État désespéré.* Preciso chegar lá a tempo. Quanto tempo o trem parava nas estações! Meu vizinho da direita suspirou e tentou enxugar o vidro da janela, mas ele continuou enevoado com uma fraca luz amarelada se filtrando através. O trem se pôs em movimento outra vez. Minha coluna doía, meus ossos eram de chumbo. Tentei fechar os olhos e cochilar, mas minhas pálpebras estavam riscadas com padrões flutuantes — e um minúsculo feixe de luz, como um infusório, flutuava através delas, começando de novo no mesmo canto. Eu parecia reconhecer neles a forma de uma lâmpada de estação que tinha passado muito antes. Então apareceram cores, e um rosto rosado com um grande olho de gazela voltado lentamente para mim — e depois um cesto de flores e então o queixo sem barbear de Sebastian. Não consegui mais suportar aquela caixa de pintura óptica, e com manobras infindáveis, cautelosas, que pareciam os passos de algum bailarino filmado em câmara lenta, saí para o corredor. Estava brilhantemente iluminado e frio. Durante algum tempo, fumei e depois cambaleei até o fim do vagão, oscilei por um momento em cima de um imundo buraco rugidor no fundo do trem, cambaleei de volta e fumei outro cigarro. Nunca em minha vida eu quis alguma coisa tão ferozmente como queria encontrar Sebastian vivo — curvar-me sobre ele e recolher as palavras que ele diria. Seu último livro, meu sonho recente, o mistério de sua carta — tudo me fazia acreditar firmemente que alguma extraordinária revelação sairia de seus lábios. Se os encontrasse ainda se movendo. Se eu não estivesse muito atrasado. Havia um mapa no painel entre as janelas, mas não tinha nada a ver com o curso da minha jornada. Meu rosto se refletia, escuro, no vidro da janela. *Il est dangereux... E pericoloso...* um soldado de olhos vermelhos roçou por mim ao passar e durante alguns segundos uma horrível coceira permaneceu em minha mão, porque tinha tocado a manga dele. Eu estava louco para me lavar. Queria lavar de mim o mundo grosseiro e aparecer diante de Sebastian numa fria aura de pureza. Ele tinha encerrado a mortalidade agora e eu não podia ofender suas narinas com o mau cheiro. Ah, eu ia encontrá-lo vivo. Starov não teria escrito seu telegrama com aquelas palavras se tivesse certeza de que eu ia chegar tarde demais. O telegrama chegara ao meio-dia. O telegrama, meu Deus, tinha chegado ao meio-dia! Dezesseis horas tinham já se passado e quando eu chegasse a Mar... Mat... Ram... Rat... Não, não com "R" — começava com "M". Durante um momento, vi a forma tênue do nome, mas desapareceu antes que eu pudesse captá-la. E podia haver um outro contratempo: dinheiro. Eu tinha de correr da estação para meu escritório e pegar algum dinheiro imediatamente. O escritório era bem perto. O banco era mais longe. Será que algum dos meus muitos amigos morava perto da estação? Não, todos viviam em Passy ou em torno da Porte St. Cloud — os dois bairros russos de Paris. Apaguei meu terceiro cigarro e procurei um compartimento menos cheio. Felizmente, não tinha nenhuma bagagem para me prender ao que tinha deixado. Mas o vagão estava lotado, e eu mentalmente muito aflito para percorrer o trem. Não tenho nem certeza se o compartimento em que entrei era outro ou o mesmo de antes: estava igualmente cheio de joelhos, pés, cotovelos — embora talvez o ar fosse um pouco menos vulgar. Por que eu nunca havia visitado Sebastian em Londres? Ele tinha me convidado uma ou duas vezes. Por que eu me mantinha tão teimosamente afastado dele, quando ele era o homem que eu mais admirava entre todos os homens? Aqueles malditos idiotas que mostravam os dentes ao seu gênio... Havia um velho tolo em particular cujo pescoço fino eu queria estrangular — ferozmente. Ah, aquele monstro volumoso que rolava os olhos à minha esquerda era uma mulher; *eau-de-Cologne* e suor lutando pela predominância, a primeira perdendo. Nem uma única alma naquele vagão sabia quem era Sebastian Knight. Aquele capítulo de *Propriedade perdida* tão mal traduzido na *Cadran*. Ou teria sido em *La vie littéraire*? Eu estava atrasado, atrasado demais — Sebastian já estava morto, enquanto eu sentava naquele maldito banco com um cínico pedaço de estofamento de couro fino que não conseguia enganar minhas nádegas doloridas? Mais depressa, por favor, mais depressa! Por que acha que vale a pena parar nessa estação? E por que parar tanto tempo? Vamos, vamos logo. Assim — melhor.

  Muito gradualmente o escuro se fundiu numa penumbra acinzentada, e um mundo coberto de neve ficou ligeiramente perceptível através da janela. Eu sentia um frio horrível com minha capa de chuva fina. Os rostos de meus companheiros de viagem ficaram visíveis como se camadas de teias de aranha e poeira fossem lentamente afastadas. A mulher ao meu lado tinha uma garrafa térmica de café que manipulava com uma espécie de amor maternal. Eu me sentia todo pegajoso e desesperadamente não barbeado. Acho que se meu rosto peludo entrasse em contato com cetim, eu teria desmaiado. Havia uma nuvem cor de carne entre as nuvens pardas e um rosa mortiço acendia os retalhos de neve derretida na trágica solidão dos campos. Uma estrada se desenhou e deslizou ao longo do trem por um minuto e bem quando se afastou um homem de bicicleta passou bamboleando entre neve, lama e poças. Aonde estava indo? Quem era ele? Ninguém jamais saberá.

 Acho que devo ter cochilado uma hora e pouco — ou pelo menos consegui manter escura a minha visão interior. Meus companheiros estavam falando e comendo quando abri os olhos e de repente fiquei tão enjoado que saí e fui sentar num banco extra pelo resto da viagem, a cabeça tão em branco quanto a tristonha manhã. O trem, descobri, estava muito atrasado devido à nevasca da noite ou a alguma outra coisa, então foi só às quinze para as quatro da tarde que chegamos a Paris. Eu batia os dentes caminhando pela plataforma e durante um instante tive o tolo impulso de gastar os dois ou três francos que tilintavam no meu bolso em alguma bebida forte. Mas em vez disso continuei até o telefone. Folheei o catálogo mole e seboso, procurando o número do dr. Starov e tentando não pensar que estava a ponto de saber se Sebastian ainda estava vivo. *Starkaus, cuirs, peaux*; *Starley, jongleur, humoriste*; Starov... ah, ali estava, Jasmin 61-93. Fiz algumas horríveis manipulações e esqueci o número na metade; lutei de novo com o livro, redisquei e ouvi por algum tempo um zumbido horrendo. Por um minuto fiquei bem parado: alguém abriu a porta e com um protesto baixo se afastou. O disco girou de novo e clicou de volta, cinco, seis, sete vezes, e novamente aquele tom nasal: tu, tu, tu... Por que eu era tão azarado? "Terminou?", perguntou a mesma pessoa — um velho mal-humorado com cara de buldogue. Eu estava no limite dos meus nervos e discuti com aquele velho desagradável. Felizmente uma cabine próxima ficou livre; ele entrou batendo a porta. Continuei tentando. Finalmente, consegui. Uma voz de mulher respondeu que o médico não estava, mas podia ser encontrado às cinco e meia — ela me deu o número. Quando cheguei ao meu escritório não pude deixar de notar que minha chegada provocou certa surpresa. Mostrei ao meu chefe o telegrama que tinha recebido e ele foi menos receptivo do que se podia razoavelmente esperar. Me fez algumas perguntas estranhas sobre o negócio em Marselha. Finalmente consegui o dinheiro que queria e paguei o táxi que tinha deixado na porta. Faltavam vinte para as cinco, de forma que eu tinha ainda quase uma hora pela frente.

 Fui fazer a barba e depois tomei um desjejum apressado. Às cinco e vinte, liguei para o número que tinham me dado e me disseram que o médico tinha ido para casa e voltaria dentro de quinze minutos. Eu estava impaciente demais para esperar e disquei o número da casa dele. A voz feminina que eu já conhecia respondeu que ele tinha acabado de sair. Encostei na parede (a cabine dessa vez ficava num café) e batuquei nela com meu lápis. Será que eu nunca chegaria a Sebastian? Quem eram os idiotas vagabundos que escreviam na parede "Morte aos judeus" ou "*Vive le front populaire*" ou deixavam desenhos obscenos? Algum artista anônimo tinha começado a pintar quadrados de preto — um tabuleiro de xadrez, *ein Schachbrett, un damier...* Houve um relâmpago no meu cérebro e a palavra assentou em minha língua: St. Damier! Saí correndo e parei um táxi que passava. Podia me levar até St. Damier, qualquer que fosse esse lugar? Ele desdobrou um mapa devagar e estudou-o por um tempo. Depois respondeu que levaria pelo menos duas horas para chegar lá, em vista do estado da estrada. Perguntei a ele se achava que era melhor eu ir de trem. Ele não sabia.

 "Bom, tente ir depressa", eu disse, e derrubei o chapéu ao mergulhar no carro.

 Levamos um longo tempo para sair de Paris. Em nosso caminho surgiu todo tipo de obstáculo e acho que nunca detestei tanto nada como detestei o braço de certo policial em um dos cruzamentos. Por fim, nos livramos do engarrafamento e saímos numa longa avenida escura. Mas ainda não íamos depressa o suficiente. Abri o vidro e implorei ao motorista que aumentasse a velocidade. Ele respondeu que a estrada estava muito escorregadia — mesmo naquele ritmo derrapamos uma ou duas vezes. Depois de uma hora de viagem, paramos e pedimos orientação a um policial de bicicleta. Os dois se debruçaram demoradamente sobre o mapa do policial e então o motorista pegou o dele e compararam os dois. Tínhamos pegado uma entrada errada em algum lugar e agora tínhamos de voltar pelo menos três quilômetros. Bati no vidro outra vez: o táxi estava decididamente se arrastando. Ele sacudiu a cabeça sem nem virar para trás. Olhei o relógio, eram quase sete horas. Paramos num posto de gasolina e o motorista teve uma conversa confidencial com o frentista. Eu não conseguia saber onde estávamos, mas como a estrada seguia agora por uma vasta expansão de campos, eu esperava que estivéssemos chegando perto do meu objetivo. A chuva batia, chiando, no para-brisa, e quando pedi mais uma vez que o motorista acelerasse, ele perdeu a paciência e foi prolixamente rude. Eu me senti desamparado e amortecido ao reclinar em meu banco. Janelas iluminadas passaram borradas. Eu jamais chegaria a Sebastian? Será que o encontraria com vida se um dia chegasse a St. Damier? Uma ou duas vezes fomos ultrapassados por outros carros e chamei a atenção do motorista para a velocidade deles. Ele não respondeu, mas parou de repente e com um gesto violento desdobrou seu ridículo mapa. Perguntei se tinha se perdido de novo. Ele ficou quieto, mas a expressão de seu pescoço grosso era brutal. Seguimos em frente. Notei com satisfação que ele estava indo agora muito mais depressa. Passamos por baixo de uma ponte de ferrovia e paramos numa estação. Enquanto eu pensava se era St. Damier afinal, o motorista saiu de seu lugar e abriu a porta. "Bom", perguntei, "qual é o problema agora?".

"No fim das contas, o senhor vai de trem", disse o motorista, "não estou disposto a arrebentar meu carro por sua causa. Esta é a linha St. Damier e tem sorte de eu ter trazido o senhor até aqui".

Tive ainda mais sorte do que ele pensou porque havia um trem dentro de poucos minutos. O guarda da estação jurou que eu estaria em St. Damier às nove horas. Essa última fase de minha jornada foi a mais escura. Eu estava sozinho no vagão e um estranho torpor tomou conta de mim: apesar de minha impaciência, sentia um medo terrível de adormecer e perder a estação. O trem parava muitas vezes e todas as vezes era uma dificuldade encontrar e decifrar o nome da estação. A certo momento, tive a hedionda sensação de acordar de supetão depois de dormir pesadamente não sei por quanto tempo — e quando olhei no relógio eram nove e quinze. Eu tinha perdido a estação? Estava quase decidido a usar o sinal de alarme, mas senti então que o trem estava parando e quando me debrucei da janela uma placa iluminada passou flutuando e parou: St. Damier.

Um quarto de hora cambaleando por alamedas escuras e o que parecia ser o sussurrar de uma floresta de pinheiros me levaram ao hospital de St. Damier. Ouvi passos arrastados e uma respiração chiada atrás da porta e um velho gordo que em vez de casaco vestia um suéter cinzento grosso e chinelos de feltro usados abriu a porta para mim. Entrei numa espécie de escritório parcamente iluminado por uma lâmpada elétrica nua que parecia coberta de poeira de um lado. O homem olhou para mim, piscando, o rosto inchado brilhando com o muco do sono, e por alguma estranha razão comecei a falar com ele num sussurro.

"Estou aqui", disse eu, "para ver monsieur Sebastian Knight, K, n, i, g, h, t. Knight. Night."

Ele deu um grunhido e sentou pesadamente à escrivaninha debaixo da lâmpada pendurada.

"Tarde demais para visitas", resmungou, como se falasse consigo mesmo.

"Recebi um telegrama", eu disse, "meu irmão está muito doente...", e enquanto eu falava, senti que estava tentando sugerir que não havia a menor dúvida de que Sebastian ainda estava vivo.

"Como é o nome?", ele perguntou com um suspiro.

"Knight", respondi. "Começa com 'K'. É um nome inglês."

"Nomes estrangeiros deviam ser sempre substituídos por números", o homem resmungou, "simplificaria as coisas. Tinha um paciente que morreu ontem à noite, ele tinha um nome...".

Fiquei chocado com a ideia horrível de que ele podia estar se referindo a Sebastian... Seria tarde demais afinal?

"O senhor está querendo dizer...", comecei, mas ele sacudiu a cabeça e virou as páginas de um livro sobre sua mesa.

"Não", grunhiu, "o cavalheiro inglês não morreu. K, K, K...".

"K, n, i, g...", comecei de novo.

"*C'est bon, c'est bon*", ele interrompeu. "K, n, K, g... n... Não sou idiota, sabe. Número trinta e seis."

Ele tocou a campainha e afundou de volta em sua cadeira de braços com um bocejo. Fiquei andando para lá e para cá na sala com um tremor de impaciência incontrolável. Por fim, entrou uma enfermeira e o porteiro da noite apontou para mim.

"Número trinta e seis", ele disse à enfermeira.

Eu a segui por um corredor branco, subi um curto lance de escada. "Como ele está?", não pude deixar de perguntar.

"Não sei", disse ela, e me levou a uma segunda enfermeira que estava sentada ao fim de outro corredor branco, cópia exata do primeiro, lendo um livro a uma mesinha.

"Visita para o número trinta e seis", disse minha guia, e foi-se embora.

"Mas o monsieur inglês está dormindo", disse a enfermeira, uma mulher de rosto redondo, com um nariz muito pequeno e muito brilhante.

"Ele está melhor?", perguntei. "Sabe, sou irmão dele e recebi um telegrama..."

"Acho que ele está um pouco melhor", disse a enfermeira com um sorriso, que para mim foi o sorriso mais adorável que eu podia imaginar.

"Ele teve um ataque cardíaco muito muito sério ontem de manhã. Agora está dormindo."

"Olhe aqui", eu disse, entregando a ela uma moeda de dez ou vinte francos. "Volto amanhã outra vez, mas gostaria de entrar no quarto dele e ficar ali um minuto."

"Ah, mas não pode acordar o paciente", ela disse, sorrindo outra vez.

"Não vou acordar. Só quero sentar do lado dele e ficar um minuto."

"Bom, não sei", disse ela. "O senhor pode, claro, espiar aqui, mas tem de ter muito cuidado."

Ela me levou até a porta, número trinta e seis, e entramos em um quarto minúsculo, ou um closet com uma cama; ela empurrou ligeiramente uma porta interna que estava semicerrada e eu espiei um momento um quarto escuro. De início, só conseguia escutar meu coração batendo, mas então discerni uma respiração suave e acelerada. Fixei os olhos; havia um biombo ou alguma coisa em volta de parte da cama e de qualquer forma estaria escuro demais para eu distinguir Sebastian.

"Pronto", sussurrou a enfermeira, "vou deixar a porta aberta um pouquinho e o senhor pode sentar aqui neste sofá, por um minuto".

Ela acendeu um abajur pequeno de cúpula azul e me deixou sozinho. Eu tive o impulso idiota de tirar a cigarreira do bolso. Minhas mãos ainda tremiam, mas eu estava feliz. Ele estava vivo. Dormia pacificamente. Então era o coração dele — era? — que falhara com ele... A mesma coisa que a mãe. Ele estava melhor, havia esperança. Eu podia procurar todos os especialistas em coração do mundo para salvá-lo. A presença dele no quarto ao lado, o som tênue da respiração, me deram uma sensação de segurança, de paz, de maravilhoso relaxamento. E sentado ali, ouvindo, cruzei as mãos e pensei em todos os anos que tinham passado, em nossos breves, raros encontros, e entendi que agora, assim que ele pudesse me ouvir, eu ia dizer a ele que quer ele gostasse ou não eu nunca mais ficaria longe dele. O sonho estranho que eu tinha tido, a confiança em alguma significativa verdade que ele me revelaria antes de morrer — agora pareciam vagos, abstratos, como se tivessem se afogado em algum morno fluxo de emoções mais simples, mais humanas, na onda de amor que eu senti pelo homem que estava dormindo além daquela porta semiaberta. Como tínhamos conseguido nos separar? Por que eu tinha sido tão bobo e amuado, e tímido durante nossos breves encontros em Paris? Eu ia sair e passar a noite no hotel, ou talvez pudessem me ceder um quarto no hospital — só até eu poder vê-lo? Durante um momento me pareceu que o tênue ritmo da respiração do homem adormecido interrompeu-se, que ele tinha acordado e feito um ligeiro som de mastigação, antes de mergulhar de novo no sono: o ritmo continuou, tão baixo que eu mal conseguia distingui-lo da minha própria respiração, sentado ali, ouvindo. Ah, eu ia dizer a ele mil coisas — ia conversar com ele sobre *O bisel prismático, Sucesso, A montanha engraçada, Albinos de preto, O outro lado da lua, Propriedade perdida* e *O asfódelo duvidoso* — todos esses livros que eu conhecia tão bem como se os tivesse escrito eu mesmo. E ele falaria também. Como eu sabia pouco de sua vida! Mas agora estava descobrindo alguma coisa a cada instante. Aquela porta ligeiramente aberta era o melhor elo imaginável. Aquela respiração suave me contava mais de Sebastian do que eu jamais soubera antes. Se eu pudesse fumar, minha felicidade seria perfeita. Uma mola rangeu no sofá quando mudei ligeiramente de posição, e tive medo de que pudesse ter perturbado o sono dele. Mas não: o som suave estava lá, seguindo uma estreita trilha que parecia contornar o tempo em si, ora mergulhando num baixio, ora aparecendo outra vez — viajando constantemente por uma paisagem formada de símbolos de silêncio — escuro, cortinas e um refulgir de luz azul junto ao meu cotovelo.

Então me levantei e fui na ponta dos pés até o corredor.

"Espero", disse a enfermeira, "que o senhor não tenha incomodado o paciente? É bom ele dormir".

"Me diga", perguntei, "quando vem o dr. Starov?"

"Doutor o quê?", disse ela. "Ah, o médico russo. *Non, c'est le docteur Guinet qui le soigne.* O senhor pode falar com ele amanhã de manhã."

"Sabe", eu disse, "gostaria de passar a noite em algum lugar aqui. Acha que talvez...".

"Pode falar com o dr. Guinet agora mesmo", continuou a enfermeira com sua voz tranquila e agradável. "Ele mora aqui ao lado. Então o senhor é o irmão, é? E amanhã a mãe dele vem da Inglaterra, *n'est-ce pas?*"

"Ah, não", eu disse, "a mãe dele morreu há muitos anos. E me diga, como ele tem passado durante o dia, ele fala? sofre?".

Ela franziu a testa e olhou para mim interrogativa.

"Mas...", disse ela. "Não estou entendendo... Como é seu nome, por favor?"

"Certo", eu disse. "Não expliquei. Nós somos meios-irmãos, na verdade. Meu nome é [mencionei o meu nome]."

"*Oh-la-la!*", ela exclamou, ficando com o rosto muito vermelho. "*Mon Dieu!* O cavalheiro russo morreu ontem, e quem o senhor visitou foi monsieur Kegan..."

Então eu acabei não vendo Sebastian afinal, ou pelo menos não o vi vivo. Mas aqueles poucos minutos que passei ouvindo o que achei que fosse sua respiração mudaram minha vida tão completamente como teriam mudado se Sebastian tivesse falado comigo antes de morrer. Qualquer que fosse o segredo dele, eu descobri um segredo também, que é o seguinte: a alma não é mais que uma maneira de ser — não um estado constante — que qualquer alma pode ser sua, se você descobre e acompanha suas ondulações. O além pode ser a plena habilidade de viver conscientemente em qualquer alma escolhida, em qualquer número de almas, todas elas inconscientes de sua carga intercambiável. Dessa forma — eu sou Sebastian Knight. Sinto como se estivesse representando seu papel em um palco iluminado, com as pessoas que ele conheceu indo e vindo — as figuras tênues dos poucos amigos que teve, o acadêmico, o poeta, o pintor — suavemente, silenciosamente prestando seu gracioso tributo; e ali está Goodman, o bufão de pés chatos, com seu falso peitilho engomado pendurado do colete; e ali a pálida luminosidade da cabeça de Clare inclinada, quando, chorando, é levada embora por uma donzela amiga. Eles se deslocam em torno de Sebastian — em torno de mim, que faço o papel de Sebastian —, e o velho mágico espera na coxia com seu coelho escondido; e Nina está sentada a uma mesa no canto mais iluminado do palco, com um copo de vinho com água tingida de vermelho debaixo de uma palma pintada. E então a mascarada se encerra. O ponto pequeno e careca fecha seu livro, enquanto a luz baixa aos poucos. Fim, fim. Eles todos voltam a suas vidas cotidianas (e Clare volta para seu túmulo) — mas o herói permanece, pois, por mais que eu tente, não consigo sair de meu papel: a máscara de Sebastian prega-se ao meu rosto, a semelhança não se desmancha. Eu sou Sebastian, ou Sebastian é eu, ou talvez nós dois sejamos alguém que nenhum de nós conhece.

FIM

Este livro foi impresso
pela Geográfica para a
Editora Objetiva em
outubro de 2010.